CW01018029

Colette

Julie
de Carneilhan

Gallimard

Colette naît en 1873 à Saint-Sauveur-en-Puisaye, dans l'Yonne. Elle en gardera toujours un accent de terroir, mais aussi un goût, un sens de la nature, des fruits, des fleurs, des bêtes, qui imprègne chaque phrase de son œuvre. Venue à Paris, elle épouse, en 1893, Willy, écrivain boulevardier, célèbre par son esprit, et aussi par ses nègres. Il lui fait écrire la fameuse série des *Claudine,* récits acidulés d'aventures qui ressemblent à celles de la jeune Colette lancée dans le monde, et qui font scandale. Divorce en 1906. Colette tente une carrière sur les scènes de music-hall, mais surtout, elle écrit pour son compte : *La Retraite sentimentale, L'Ingénue libertine, Les Vrilles de la vigne, La Vagabonde, L'Envers du music-hall.* Remariée avec Henri de Jouvenel, Colette devient journaliste, tout en poursuivant son œuvre. Parmi les titres les plus célèbres de cette époque : *Chéri, Le Blé en herbe, La Naissance du jour.* En 1935, après son troisième mariage, avec Maurice Goudeket, Colette s'achemine peu à peu vers cette figure de « grande dame des lettres » qui sera la sienne. Immobilisée par une arthrite de la hanche, elle semble toujours veiller et écrire de son appartement du Palais-Royal : *L'Etoile Vesper, Le Fanal bleu.* En 1945, elle entre à l'Académie Goncourt. Elle meurt à Paris en 1954.

Julie de Carneilhan, qui date de 1941, a été portée à l'écran et incarnée par Edwige Feuillère.

Mme de Carneilhan coupa le gaz, laissa la casserole de porcelaine sur le réchaud. A côté du réchaud elle disposa la tasse Empire, la cuiller suédoise, un pain de seigle roulé dans la serviette turque brodée de soie floche. L'odeur du chocolat chaud lui donna des bâillements nerveux. Aussi bien elle n'avait déjeuné que modérément — une côtelette de porc froid et une tartine beurrée, une demi-livre de groseilles et une tasse de très bon café — sans quitter la confection d'un coussin triangulaire taillé dans une ancienne culotte de cheval, en velours côtelé presque blanc. Une laisse en mailles d'acier très fines, qui avait appartenu, disait Julie de Carneilhan, à un singe — mais son frère assurait que le singe avait appartenu à la laisse — dessinerait, sur l'une des faces du coussin, un C, ou peut-être un J... « Le C est plus facile à coudre, mais le J est plus ornemental. Ça aura de la gueule... »

Elle couvrit la casserole fumante, passa un

torchon sur la tablette de faïence. Elle remplit d'eau la boîte à lait ; referma la poubelle ronde. Ayant assez sacrifié à ses principes de parfaite femme d'intérieur, elle regagna son studio. En passant devant le miroir de l'antichambre, elle rétablit sur son visage une contraction des narines à laquelle elle tenait beaucoup, et qui accentuait, disait-elle, son caractère fauve.

Elle crut entendre des voix dans l'escalier et se hâta de coiffer un chapeau, d'endosser un manteau clair, dont le lainage imitait de très près la nuance blond beige des cheveux de Julie, coupés court et frisés à la Caracalla. Elle rejeta des gants défraîchis, puis les reprit : « C'est bien assez bon pour le cinéma », enfin elle s'assit, pour attendre, dans le meilleur fauteuil de son studio, après avoir éteint deux lampes sur quatre : « C'est la dernière fois que j'utilise le bleu et le rouge ensemble pour la décoration, pensa-t-elle en parcourant du regard le studio. On se ruine en électricité, avec deux couleurs qui boivent la lumière. »

Une paroi rouge, une grise et deux bleues enfermaient un mobilier disparate, qui n'était pas désagréable, mais seulement un peu trop colonial, grevé çà et là d'une table à plateau de cuivre dodécagone, qui venait d'Indochine, d'un fauteuil fait d'une peau de bœuf sud-africain, de quelques cuirs fezzans et des vanneries dont la Guinée gaine les boîtes à tabac anglais. Le reste de l'ameublement, en

10

bon XVIIIᵉ français, tenait debout grâce aux fortes mains adroites de Mᵐᵉ de Carneilhan, habiles à recoller, cheviller, et même glisser une mince latte de métal dans de vieux bois et des pieds de fauteuil fendus.

Elle attendit dix minutes, patiente par humilité foncière, droite par discipline et orgueil superficiel. Sa gorge bien placée, son buste rebelle à l'empâtement, elle les mirait avec plaisir, dans une grande glace sans cadre qui donnait de la profondeur au studio. Une gerbe de fouets à chiens et à chevaux, promus au grade d'objets de collection pour ce qu'ils venaient du Caucase et de la Sibérie, retombait, lanières en boucles, sur le miroir.

Julie de Carneilhan reprit son travail de coussin, bâtit à grands points le dessin de la lettre et se découragea aussitôt : « Pas d'illusions. Ce sera hideux. »

Après dix minutes d'attente, le nez charmant et fier, la bouche étroite et musclée de Julie bougèrent nerveusement et deux grosses larmes brillèrent à l'angle de ses yeux bleus. Un coup de sonnette lui rendit son optimisme, et elle courut à la porte.

« Une jolie heure ! Je ne vous conseille pas de faire les malicieux et les petits plaisantins ! J'ai horreur des gens qui... »

Elle recula et changea de voix :

« Comment, c'est toi ?

— Tu vois. Je ne peux pas entrer ? »

« — Est-ce que je t'ai jamais empêché d'entrer chez moi ?

— Mais... une fois ou deux — ou trois. Tu sors ?

— Oui. C'est-à-dire que j'attends des amis, qui sont odieusement en retard, d'ailleurs.

— Il ne fait pas bien beau, tu sais. »

Léon de Carneilhan se déganta, frotta l'une contre l'autre ses mains tannées par le grand air et poncées par la bride. En passant devant le miroir, il contracta ses narines comme faisait sa sœur, et il lui ressembla, blond gris, l'œil bleu, encore davantage.

« Qu'est-ce que tu fabriques avec ma vieille culotte ?

— Un coussin. Ça t'intéresse ?

— Plus maintenant, puisqu'elle est découpée. »

Il éparpillait autour de lui une méfiance distraite. La même expression soupçonneuse, Julie la concentrait sur son frère. Ils allumèrent ensemble une cigarette.

« Tu m'excuseras si je sors, dit Julie. Cinéma.

— Ce n'est peut-être pas très opportun », dit Carneilhan.

Elle ne fit que hausser l'épaule. Il planta son regard aigu, habitué à estimer les chevaux, dans un regard identique, adouci par le fard.

« Ton mari est au plus mal.

12

— Par exemple! s'écria Julie, scandalisée. Mon brave Becker?

— Non, pas Becker, le second, Espivant. »

Julie resta un moment immobile, la bouche entrouverte.

« Pourquoi Espivant? dit-elle d'une voix incertaine. Des gens l'ont vu hier... Un barman de chez Maxim', qui a été maître d'hôtel chez moi, l'a entendu annoncer une interpellation pour la rentrée... Qu'est-ce qu'il a?

— Il est tombé, le nez devant. On l'a rapporté chez lui.

— Sa femme? Qu'est-ce qu'elle dit, sa femme?

— On ne sait pas, ça date de trois heures après midi.

— Elle dénoue ses longues tresses, et elle implore un suprême baiser, tout en vérifiant d'une main le compte de ses rangs de perles... »

Ils rirent court, fumèrent un moment sans mot dire. Julie chassait la fumée par ses petites narines serrées et parfaites.

« Il va mourir, tu crois? »

Léon claqua de la main ses genoux secs.

« Me demander ça à moi! Demande-moi aussi à qui il laissera la dot que Marianne lui a reconnue au contrat.

— Fallait ça pour le décider, sans doute, ricana Julie.

— Oh! ma vieille, tu peux blaguer. Une

13

beauté et une fortune comme celles de
Marianne!... Herbert pouvait être tenté à
moins.

— Il l'a déjà été, dit Julie.

— Tu es trop modeste. »

Elle leva son nez velouté et arrogant.

« Dis donc, je ne parle pas pour moi! Je
parle pour Galatée de Conches! Et pour cette
dinde de Béatrix! »

Léon hocha en connaisseur sa tête de vieux
blond féroce qui avait plu aux femmes.

« Pas si mal, pas si mal, Béatrix...

— Au total, ça ne m'intéresse pas énormé-
ment, cette histoire », dit sèchement Julie.

Elle se ganta, affermit son petit chapeau de
feutre tressé, rendit évidente son envie de voir
partir le visiteur, qui réfléchissait.

« Dis-moi, Julie, Herbert te voulait du bien,
ces derniers temps?

— Du bien? Oui, comme à toutes les femmes qu'il a plaquées. C'est un observateur à
retardement.

— A toi plus qu'aux autres. Est-ce qu'il n'a
pas payé tes dettes, au moment de son remariage?

— Parlons-en! J'en avais tout juste pour
vingt-deux mille francs. On ne peut plus faire
de dettes. C'est tout du cash, cette époque-ci.

— Et s'il te laissait en mourant un témoi-
gnage, bien matériel, de son amitié? »

Les yeux bleus de Julie exprimèrent une crédulité enfantine.

« Non ? Tu crois qu'il va vraiment mourir ?

— Mais non, je ne crois pas ! Je dis : s'il te laissait en mourant... »

Elle n'écoutait plus. Elle faisait l'inventaire du mobilier cosmopolite, condamnait ses fantaisies coloniales et ses reliquats de grand siècle, méditait un déménagement, une salle de bains noire et jaune... Elle n'avait aucune cupidité véritable, mais seulement de l'imprévoyance, et un peu de désordre.

« Ecoute, mon vieux, puisque mes petits copains ne viennent pas, moi je descends, et je vais au Marbeuf.

— C'est bien utile ? L'indisposition d'Herbert est déjà dans la sixième des journaux du soir :

« *Les médecins ne peuvent se prononcer sur la gravité du mal soudain qui a terrassé, à quinze heures, le comte d'Espivant, député de la droite...* »

— Et puis ? Il faut que je m'accroche un crêpe préventif pour un homme qui m'a trompée pendant huit ans, et qui est remarié depuis trois ?

— N'empêche. Tu as été la femme sensationnelle d'Herbert. Veux-tu parier que ce soir un tas de gens, au lieu de penser à Marianne, se disent : « Je voudrais voir quelle tête fait Julie de Carneilhan ! »

— Tu crois ? C'est possible, en somme. »

Elle sourit, flattée, retoucha une très jolie petite boucle de cheveux qui couvrait à demi son oreille. Mais au bruit d'une dégringolade dans l'escalier, et des rires immodérés qui la suivirent, elle devint anxieuse et folle :

« Tu les entends ? Tu les entends ? Ils devaient me prendre à huit heures et quart, il est neuf heures, et ils s'occupent à faire des blagues dans l'escalier ! Voilà comment ils sont, maintenant ! Quel monde !

— Qui est-ce ? »

Julie haussa les épaules.

« Personne. Des petits copains.

— De nos âges ? »

Elle toisa son frère outrageusement.

« Tu ne voudrais pas, tout de même !

— Enfin, pour ce soir, remise-les. »

Elle rougit et les larmes lui vinrent aux yeux.

« Non, non, je ne veux pas ! Je ne veux pas rester toute seule pendant que les autres s'amusent ! Il y a un très beau film au Marbeuf, et on va changer le programme ! »

Elle se débattait comme si on eût voulu lui faire violence, et flagellait de ses gants le bras de son fauteuil. Son frère la regardait avec une patience malveillante, en homme qui avait eu affaire à mainte jument plus difficile.

« Ecoute-moi. Ne fais pas l'idiote. Il ne s'agit que de ce soir, en somme on ne sait pas si Herbert...

— Ça m'est égal, Herbert ! S'il faut encore

16

qu'il m'embête chaque fois qu'il a un vent de travers, celui-là ! Je te défends de rien dire à mes amis !

— Veux-tu parier qu'ils le savent, tes amis ? Les voilà qui sonnent. Tu veux que j'aille ouvrir ?

— Non, non, moi ! »

Elle courut comme une jeune fille. Léon de Carneilhan, qui tendait l'oreille, n'entendit que la voix de sa sœur.

« Ah ! vous voilà ? Simplement une heure de retard ! Entrez d'abord, le palier n'est pas un parloir ! »

Deux femmes, un homme jeune entrèrent sans mot dire.

« Mon frère, le comte de Carneilhan ; Mme Encelade, Mlle Lucie Albert, M. Vatard. Non, ne vous asseyez pas. Qu'est-ce que vous avez à dire pour votre défense ? »

M. Vatard et Mme Encelade déléguèrent sans paroles leurs pouvoirs à Mlle Lucie Albert, qui pourtant semblait, à cause de l'extraordinaire dimension de ses yeux, la plus timide.

« On ne voulait pas venir... Moi, je voulais qu'on te téléphone... On a lu dans les journaux que... que ce monsieur était tombé... »

Julie tourna vers son frère un regard de vaincue mal soumise, et les trois nouveaux venus l'imitèrent. Léon de Carneilhan, pour accepter l'hommage des regards, mit sur son visage l'expression que sa sœur appelait « la

17

gueule du renard qui a trahi son espèce et qui chasse avec l'homme ». Mais Julie ne fit plus aucune résistance, et prit son parti :

« Qu'est-ce que vous voulez, mes petits, il faut ce qu'il faut. Herbert et moi, nous avons trop fait parler de nous pour que sa maladie n'attire pas un peu l'attention sur moi... Alors...

— Je comprends, dit Coco Vatard.

— Y a pas que toi qui comprends, dit Mme Encelade avec animosité. Nous comprenons, Lucie et moi.

— Mais à partir de demain, attendez-vous à mon coup de téléphone !

— C'est ça, dit Coco Vatard.

— Je ne peux rien faire d'utile pour toi ? demanda Lucie Albert.

— Rien, chérie. Tu es un cœur. A tout de suite mes enfants. Je vous reconduis. »

Du studio, Carneilhan entendit le quatuor rire, parler à voix basse. Quelqu'une des trois femmes traita Coco Vatard de schnock, et la porte se referma.

Quand Julie rentra, son frère ne marqua aucune surprise, habitué aux effondrements de cette belle femme qui bravait l'opinion, sortait sereine des esclandres conjugaux, endurait la vie industrieuse des femmes qui manquent d'appui et d'argent, mais ne supportait pas sans pleurer un peu, vieillir beaucoup, fléchir

18

du dos, d'être privée d'un divertissement qu'elle s'était promis.

Elle jeta à travers la pièce son petit chapeau tressé, s'assit et se prit la tête à deux mains.

« Ma pauvre Julie, tu ne changeras donc jamais ? »

Elle se redressa, l'œil mouillé et furieux :

« D'abord je ne suis pas ta pauvre Julie ! Vends tes canassons et tes cochons de lait, et laisse-moi tranquille !

— Veux-tu que je t'emmène dîner ?

— Non !

— As-tu quelque chose à manger ici ? »

Sa fureur tomba, elle devint méditative :

« J'ai du chocolat...

— Cru ?

— Quelle horreur ! Cuit. Je comptais le prendre en rentrant, parce que ces jeunes gens, tu sais, ça arrive qu'ils vous posent devant votre porte, après le cinéma, sans vous offrir seulement un verre... Ils sont comme ça. J'ai des prunes, trois œufs... Ah ! et puis une boîte de thon et un pied de laitue...

— Du whisky ?

— Toujours.

— Il pleut. Je m'en vais ? »

Elle retint son frère d'un geste effrayé.

« Non !

— Alors amortissons l'accident d'Herbert. Je vais t'aider. Comment veux-tu les œufs ?

— M'est égal.

19

— Je te fais une omelette au thon. Chauffe le chocolat pour le dessert. »

Gais, préservés des pires choses par une frivolité qui ressemblait au courage et souvent l'engendrait, ils ne s'occupèrent plus que de leur repas. Une ingéniosité, une émulation de boy-scouts hors d'âge les animaient. Léon de Carneilhan découvrit un reste de crème d'Isigny qu'il versa dans la salade. Il avait ceint sous son veston un essuie-main à liteaux rouges ; Julie échangea sa robe contre un peignoir de bain. Tous deux écartaient le ridicule par la sûreté des mouvements, l'habitude de manier sans honte des objets humbles et usuels. Pendant que Léon battait l'omelette, Julie disposa sur une table à jeu deux assiettes bleues et deux assiettes rouges, une belle carafe, un pichet assez laid, campa entre les deux couverts un petit pot de lobélias d'un bleu intense, et s'applaudit : « Ça a de la gueule ! »

Ils mangèrent avec une joie qui leur venait d'estomacs inattaquables. Leur amitié ressemblait à celle des félins d'une même portée, qui ne jouent pas ensemble sans se marquer de la dent et de la griffe, et se blesser aux places les plus sensibles. Nourris, non rassasiés, ils ne se plaignirent pas du repas bref. Les cendriers, les cartes à jouer remplacèrent les assiettes. Détendue, Julie répondait de bonne grâce à toutes les questions de son frère. Les petits anneaux de ses cheveux se soulevaient quand le vent pluvieux entrait par l'unique fenêtre ouverte, et elle pouvait lire, dans le regard du « renard traître à sa race » que, de par le port de tête arrogant, les yeux bleus prompts à briller humides, l'éclat de sa peau duvetée et de ses cheveux, elle était encore la belle Julie de Carneilhan, qu'en dépit de deux maris et de deux divorces on appelait par son nom de jeune fille.

Léon avait jeté son veston, sous lequel il ne portait pas de gilet. Il étouffait, sitôt enfermé. Sous sa chemise jouait un corps dur et dépouillé — « tout en coins de table », disait Julie — un corps à peine sensible, impitoyable à lui-même.

« Ça va, les canards, Léon ?

— Non. Si je n'avais pas les cochons de lait... J'ai rendu une poulinière au père Carneilhan. La baie, Henriette.

— Rendu ? Par le train ?

— Penses-tu. Par la route. Gayant l'a menée.

— Le veinard ! Je t'aurais bien fait ça, moi.

— Tu es trop occupée, dit Carneilhan avec ironie. Tu connais Gayant. Douze jours, il a mis. La jument et lui, ils couchaient dans les prés. Chacun sa couverture. Elle s'enflait d'avoine sur pied. Si on les avait pris ! Lui, il broutait du pain et du fromage, et de l'ail. Elle est arrivée tellement grosse que le père Carneil-

han a cru qu'elle était pleine. Gayant lui a
enlevé cette douce illusion.

— Ça se passait quand ?

— En juin. »

Ils rêvèrent tous deux, sans autres confidences, des routes de juin entre les avoines vertes.
A imaginer le pas berceur de la jument, la
fraîcheur de quatre heures à huit heures du
matin, le petit cri rythmique de la selle et le
premier rayon rouge du soleil sur les tours
basses de Carneilhan, Julie se sentit les yeux
humides. Aussi jeta-t-elle un coup d'œil mal-
veillant à son frère :

« C'est curieux ce qu'en bras de chemise tu
as l'air d'un lieutenant alcoolique.

— Merci.

— Pas de quoi, mon vieux.

— Si, pour « lieutenant ». Qu'est-ce que
c'est, ce type que tu appelles Coco Vatard ?

— Rien. Un type qui a une auto.

— Une fantaisie ?

— Non. Un T.C.R.P.

— Et la petite ? Celle qui est « un cœur » ?
Une fantaisie ?

— Dieu non ! soupira Julie. Je n'ai de goût à
personne. Je crois que je suis à un tournant de
mes histoires. C'est une petite bonne femme
très digne d'intérêt. Elle est pianiste-comptable
dans une boîte de nuit, c'est aujourd'hui son
repos hebdomadaire.

— Je ne t'en demande pas tant. Julie, si tu avais de l'argent, qu'est-ce que tu ferais ?

— Mais, mille bêtises ! dit Julie avec fierté. Pourquoi ?

— C'est cet accident d'Herbert... Je réfléchis autour. »

Elle posa sa main sur le bras de son frère, et il regarda cette main en homme que surprenait un geste fraternel.

« Ne te fatigue pas. Herbert était si terriblement camouflé en étourneau qu'il nous a tous eus. S'il meurt, il meurt. Mais l'argent qu'il a manié, personne n'en verra la couleur.

— Tu parles comme une tireuse de cartes. » Les yeux de Julie brillèrent :

« Oh ! mon vieux, j'en connais une ! Une liseuse de bougie fondue ! Pâmante ! Elle m'a annoncé dans la même séance qu'on r'aurait la guerre, que je ferais sous trois mois une rencontre sensationnelle, et que Marianne mourrait d'un cancer...

— Marianne ? Et comment as-tu reconnu qu'il s'agissait de Marianne ? »

Le sang monta aux joues de Julie, qui attaquait valeureusement mais manquait de présence d'esprit dans la défensive :

« Mais j'ai parfaitement deviné d'après la description... Ces choses-là se sentent...

— Comment as-tu reconnu qu'il s'agissait de Marianne ? répéta Léon. Dis-le-moi, ou je te chatouille le long du dos !

— Je le dis, je le dis ! cria précipitamment Julie. Voilà, c'est Toni...

— Toni ? Le fils de Marianne ?

— Oui, je lui ai demandé... Nous sommes très bien ensemble, mon cher ! Je lui ai demandé de chiper un bas de soie à sa mère, un des bas qu'elle aurait quittés le soir en se couchant, parce qu'il faut à la liseuse de bougie un objet porté par la consultante...

— Et il te l'a apporté ? »

Julie inclina la tête.

« Etrange famille, dit Carneilhan. C'est amusant, dit-il d'un ton léger. Je vais te laisser, mon petit. Il est une heure.

— Indue, dit Julie.

— Pourquoi ?

— Parce qu'on dit toujours : il est une heure indue... Ah ! ah ! »

Elle éclata de rire et il s'aperçut qu'elle était grise. Mais elle marcha d'un pas assuré jusqu'à la fenêtre.

« Il y a encore un taxi à la station. Je le siffle ?

— Pas la peine, je rentre à pied, il ne pleut plus. »

Elle ne protesta pas. Son frère rentrait souvent à Saint-Cloud de son pas infatigable, en passant par le bois. Une nuit, voyant venir un piéton de mauvais augure, il avait plongé au plus épais d'un buisson, d'un bond si soudain et si long que le piéton épouvanté avait

24

rebroussé chemin. Il aimait ensemble la nuit et l'aube, rentrait toujours avant six heures, et ses chevaux qui l'entendaient de loin hennissaient.

Il serra distraitement la main de Julie, et s'en alla vers ce qu'il aimait sur tout au monde, le cri aigu des juments fidèles et le langage amical de leurs grosses lèvres tendres, près de l'oreille experte du maître.

« C'est sûrement vendredi, jugea Mme de Carneilhan à peine éveillée. Je sens le poisson. »

Une grande maison d'alimentation générale occupait le coin de la rue. En louant un « studio tout confort », Julie avait sacrifié le chic à la commodité, et ne cessait de s'en repentir, surtout les jours de poisson, les jours de choux et les jours de melons.

Dans la cuisine-de-bain, la femme de ménage qui lavait les assiettes ne marquait pas plus de neuf heures et demie, et Julie se rendormit, non sans un sentiment de culpabilité qui lui venait de loin, d'une enfance dressée à petits coups de cravache distribués par la main paternelle, équitable et cinglante. Autrefois, derrière une porte qui s'ouvrait fatalement à sept heures l'hiver, à six heures l'été, Léon et Julie se poussaient, luttaient pieds nus, en silence, à qui ne serait pas battu le premier... Bien étrennés, la peau chaude, ils remettaient leurs souliers percés, se jetaient sans rancune sur leurs poneys, et galopaient pour rejoindre le comte de Carneilhan, monté tantôt sur un bidet breton qui avait le rein en corbeille, tantôt sur un sac d'os haut comme une église, ou sur une vache de selle, une vache blonde comme lui-même, nourrie à l'avoine, l'œil plein de feu et qui sautait l'obstacle en troussant la queue, les trayons comme des battants de sonnettes. Celle-ci, il la montait surtout pour montrer ce qu'il savait obtenir de tout ce qui portait sabots et molaires plates, et se faire remarquer dans les foires à chevaux et les gros marchés périgourdins.

Ces jours-là, il prêtait le meilleur de son écurie à Julie et à Léon. De sorte que, partis de Carneilhan à cheval, les enfants y revenaient souvent à pied, la selle sur l'épaule, ou dans des carrioles de paysans, leur bonne mine ayant aidé à vendre les poneys sur place. Pendant un bout de temps, ils restaient durs et sournois et pleuraient en secret le petit cheval aimé. Mais en grandissant, ils prirent le goût de changer de monture. Et quand Julie de Carneilhan épousa, à dix-sept ans, un homme riche venu de Hollande, nommé Julius Becker, elle ne s'en affligea pas outre mesure, et pensa vaguement : « On me le changera à la foire prochaine... »

Comme d'autres rêvent comparution et baccalauréat, elle rêvait souvent qu'elle chevauchait. Mme Encelade, habile à expliquer les songes, lui disait : « C'est que vous avez besoin de faire l'amour.

— Non, repartait Julie, c'est simplement que j'ai besoin de faire du cheval. »

Et elle projetait d'emprunter à son frère sa jument Hirondelle. Mais le lendemain elle s'éveillait tard, et musait. Mais Léon lui refusait Hirondelle, et lui proposait Tullia, laide, douce, sûre, pourvue de toutes les qualités qu'on exige d'une gouvernante d'enfants, et Julie le prenait de haut :

« Mon cher, tu sauras que je ne me montre pas au Bois sur une jument truitée ! »

Dans la cuisine contiguë au studio, l'eau qui fouettait la baignoire ébranlait musicalement la cloison mince. « Dix heures ! » Julie se dressa sur ses pieds, serra la ceinture de son pyjama. A se sentir guillerette, la langue et le gosier nets, elle se souvint qu'elle avait bu. Autant qu'au père Carneilhan l'alcool sec lui était clément, lui éclaircissait le teint et les idées. Sans mentir, elle pouvait se vanter que jamais un alcool sirupeux n'avait franchi la barrière de ses dents inégales et saines, les deux incisives du milieu larges, les deux autres plus petites et un peu en retrait.

« Je vais mettre tremper mes dents dans un verre d'eau », disait-elle le matin, et elle s'en allait boire un gobelet au robinet de la cuisine. Ce slogan familial lui avait coûté, contait-elle, un bien joli lieutenant à peine entamé, qui ne comprenait pas les plaisanteries et qui avait cru qu'elle portait un râtelier.

Elle s'arrêta devant la glace, fronça le nez. Le sommeil avait défrisé ses petites boucles qui, raidies, la coiffaient comme de brins de paille. « J'ai bien l'air d'avoir couché à l'écurie », constata-t-elle. Elle repartit et s'arrêta encore pour téléphoner. Elle écoutait, immobile, l'appel qui sonnait longuement. « Allô !... ah ! tout de même ! Quoi ? M. Vatard est parti ? Déjà ? Bon, merci. » Elle ramena, de l'orteil, une pantoufle égarée, grimaça dédaigneusement : « Ah ! là, là, çui-là avec son usine... » et gagna la partie de la cuisine qui s'arrogeait, en raison d'un rideau de tissu caoutchouté glissant sur une tringle, le nom de salle de bains.

Au chevet de la baignoire un coffrage supportait un réchaud électrique à deux plaques. La femme de ménage absente, Mme de Carneilhan pouvait prendre son bain en surveillant son petit déjeuner. D'une enfance dénuée mais pleine de morgue, il lui restait la profonde impudeur qui compte pour rien la présence d'un domestique. « Bats-moi l'eau, Peyre ! » criait-elle à l'homme du potager de Carneilhan, quand elle avait treize, quinze, seize ans... L'homme battait à coups de râteau le vivier sourceux, car Julie craignait les bêtes longues et invisibles. Puis elle commandait : « Tourne-toi ! » jetait robe et chemise, se fourrait dans

30

l'eau, tiède en surface et glacée au fond, nageotait, sortait, indifférente au batteur d'eau comme à sa propre beauté...

« Hé ! bonjour, madame du Sabrier », dit-elle à sa femme de ménage sur le ton de la cérémonie comique, en dépouillant le pyjama froissé.

Avant d'entrer dans la baignoire, elle fit quelques « pliés » de danseuse, aspira et rejeta l'air avec force. Hostile aux beautés nues, Mme Sabrier s'était détournée.

« Vous déjeunez là, Madame ? Qu'est-ce que vous voulez manger ?

— Je veux manger... je veux manger du fromage blanc et de la raie au beurre noir, parce que le noir et blanc fait très habillé. »

Elle rit sous sa coiffe d'écume, car Julie se savonnait comme un homme, tête comprise, dans son bain.

Mme Sabrier soupira profondément.

« Ce n'est pas juste... Non, Dieu n'est pas juste, dit-elle. Vous avez bu, hein ? J'ai vu les verres. Et vous voilà aussi vive tout comme un poisson. Et moi je n'ai jamais rien bu, et j'ai le corps en deux. Et vous avez quarante-quatre ans. Ce n'est pas juste.

— Je ne suis pas curieuse, dit Julie, mais je voudrais bien savoir quel est le salaud qui vous a dit mon âge. »

Mme Sabrier sourit enfin.

« Ah ! voilà !... J'ai mes petits moyens. C'est

31

un chauffeur, un jour, qu'il a apporté une lettre pour vous. Un chauffeur de la rive gauche.

— Ils sont comme ça, sur la rive gauche ? Faut les détruire. Mon peignoir ?

— Ne me faites pas des pieds mouillés sur mon carreau, s'il vous plaît. Il m'a dit qu'il le savait de votre premier mari. »

« C'est le chauffeur d'Herbert », pensait Julie en s'en allant. Elle se retourna, par habitude de soigner ses sorties :

« Second, madame Sabrier. Mon second mari. Et nous ne sommes pas au bout !

— Ce n'est pas juste, soupira Mme Sabrier. Tenez, voilà vos journaux. »

« Herbert... mort ? Pas mort ? S'il est mort il est en première page. » Les journaux serrés dans sa main humide, elle alla s'asseoir sur son lit. « Personne en première page. Alors il est seulement malade en deuxième page. Qu'est-ce que je disais ? « *Nous sommes heureux d'annoncer que l'indisposition subite du comte d'Espivant, député de la droite, semble ne présenter aucune gravité...* » « Là ! s'écria Julie à pleine voix. J'en étais sûre ! J'aurais pu aller au cinéma ! Mâtin ! les professeurs Hattoutant et Giscard, rien que ça à son chevet ! Marianne craint pour ses provisions... »

Elle jeta le journal, ouvrit l'unique placard du studio, qu'elle avait doublé d'une glace, muni d'une ampoule, aménagé en cabinet de maquillage. Elle savait besogner, y mettait sa fougue intermittente, et se dégoûtait promptement de ses travaux, qui restaient marqués de son inconstance et de son ingéniosité.

« Un chauffeur de la rive gauche, songeait-elle. C'est mon ancien Beaupied, il m'a apporté une lettre de Toni. C'est la faute de Toni... Quelle peste qu'un adolescent ! Il avait envie de me voir. Par qui me fait-il porter une lettre ? Par le chauffeur de son beau-père. Herbert a la manie de garder ses chauffeurs jusqu'à la décrépitude, il croit que ce qui était bon chic pour les cochers l'est pour les mécaniciens. »

Elle brossait en arrière ses cheveux humides qui collaient à son crâne. Sans apprêt, le visage nu, en pleine méditation mécontente, Julie ressemblait à son frère par ce qu'ils avaient l'un et l'autre de plus sauvage, le rétrécissement des tempes, le départ en museau du menton et des mâchoires. Mais son nez sauvait tout, et aussi les couleurs vermeilles d'une santé à toute épreuve. Elle coiffa son nez délicieux d'un flocon de crème onctueuse, qu'elle étala. Elle se farda adroitement, s'arracha quelques poils de moustache, frisa ses cheveux d'une main vive. « J'irai un peu au Bois. Je ne mettrai pas mes souliers en lézard, sans quoi ils ne me feraient pas l'année... »

Elle courut, pour répondre à l'appel du téléphone, avec une joie maugréeuse, comme chaque fois que sa remuante oisiveté et sa solitude encombrée l'obligeaient à l'agitation.

33

« Allô !... Ah ! c'est toi, Coco ? Mais si c'est toi, c'est qu'il est midi passé, et tu es sorti de ta boîte ? Oh !... Je n'ai pas de chance... Je voulais faire une grande balade à pied... Quoi ?... Non, je voulais la faire aujourd'hui... Demain ce n'est pas la même chose... Quoi ? Herbert ? Il va mieux, naturellement. Ce qui l'intéresse, lui, c'est d'embêter les gens... Bon, ce soir. Mais je n'aime pas les plaisirs différés. Quoi ? Dites donc, mon cher, à qui croyez-vous parler ?... A ce soir. »

Elle reposa l'appareil sur sa fourche et se fit un petit sourire gamin qui la vieillit soudain. Elle l'effaça aussitôt, reprit son sérieux de blonde orageuse et dominatrice. En cinq minutes, elle revêtit le chemisier blanc, la jupe en pied de poule blanc et noir, la jaquette noire qui défiaient la mode. Un peu trop ajusté, l'ensemble révélait que Julie de Carneilhan approchait de l'âge où une femme décide de sacrifier son visage à sa silhouette.

« Il me faudrait un œillet violet. Dix francs... Pas de blagues en ce moment-ci. » Elle feuilleta ses mouchoirs, trouva une pochette en crêpe mauve, la chiffonna en forme de fleur, la déchiqueta habilement à coups de ciseaux, et fleurit sa boutonnière. « Epatant ! » Elle s'assombrit tout aussi vite : « C'est idiot, le mouchoir coûte un louis. »

Elle comptait en louis, par snobisme, et par attachement à ce qu'elle nommait le « bon

34

chic ». Un nuage, en passant sur le ciel, balaya son envie de promenade. « Si je réveillais Lucie ? Si je demandais chez Hermès quel jour on solde ? Si je... »

Elle tressaillit d'entendre la sonnerie au moment où elle étendait la main. Comme beaucoup de créatures sans appui, elle n'attendait le secours que du téléphone.

« Allô !... Oui. Elle-même. Comment ? J'ai mal entendu, voulez-vous répéter ? De la part de... »

Elle changea de ton, courba un peu le dos.

« C'est... C'est toi, Herbert ?... Mais si, comme tout le monde, j'ai lu, dans les journaux... Alors, ce n'était pas sérieux ? »

Elle se vit de loin, dans la grande glace, et se redressa :

« Nous faire des peurs pareilles ! Quoi ? Mais *nous* ça veut dire tout Paris, mon cher, la moitié de la France, un bon bout de l'étranger... »

Elle rit, écouta, cessa de rire.

« D'où me téléphones-tu ? Quoi ? Que je vienne ? Chez toi ? Oh ! rien, je comptais déjeuner seule... Non, aucun... Mais non, je ne refuse pas ! Mais... et Marianne ? Bon... Oui... Mais pas du tout, voyons... Oui, je la guetterai par la fenêtre. »

Elle quitta l'appareil avec lenteur, se coiffa d'une paille noire qui rappelait les canotiers de

35

son extrême jeunesse, et ouvrit la porte de la cuisine.

« Madame Sabrier... », dit-elle d'une voix incertaine.

Elle parut s'éveiller en sursaut, crispa ses narines.

« Qu'est-ce qui empeste le poisson ?

— Mais c'est ma raie, Madame... Madame m'a dit... Le beurre noir et le fromage blanc...

— Quelle horreur ! Vous avez cru... »

Elle relâcha les coins de sa bouche, dit piteusement :

« J'ai cru, moi, que je disais quelque chose de drôle. Vous la mangerez, votre raie ! Laissez-moi le fromage blanc. J'achèterai... Enfin on verra... »

Elle retomba dans l'incertitude, déplaça mollement quelques bibelots, s'accouda au parapet de la porte-fenêtre, se reposa d'un pied sur l'autre. Lorsqu'une longue automobile noire se rangea parmi les triporteurs du magasin d'alimentation, Julie se ressaisit, et descendit d'un pas de jeune fille, en goûtant le plaisir d'avoir la jambe assurée, les seins légers, de n'être retardée par aucun poids de chair superflue.

« Mais oui, c'est Beaupied. Comment ça va, Beaupied ? Vous ne changez pas.

— Madame la comtesse veut me flatter.

— Non, Beaupied. Vous êtes toujours le même, puisque je ne peux pas vous laisser seul cinq minutes sans que vous parliez de mon âge. Vous avez dit à ma femme de ménage que j'avais quarante-quatre ans.

— Moi ? Oh ! je peux certifier à Madame la comtesse...

— Je n'ai pas quarante-quatre ans, Beaupied, j'en ai quarante-cinq. Nous allons à la maison.

— A la maison..., répéta le chauffeur chenu, laquelle maison que...

— La vôtre, dit Mme de Carneilhan avec gentillesse. Enfin la nôtre. La même, rue Saint-Sabas. »

La portière refermée, elle exerça sur la voiture qui l'emmenait une sévérité de pauvre. « Bagnole de parvenu... Ils ont acheté ça à un Salon de l'auto. Ça devait être un laissé-pour-compte de maharajah... Herbert a toujours eu un penchant pour les voitures-corbillard. Du drap gris perle ! Pourquoi pas du satin parme ? Et le chauffeur en tenue blanche d'été, là-dessus. On ne peut pas tout avoir, des millions et du goût... » Sa critique n'épargna pas la fleur déchiquetée qui éclairait sa jaquette, elle l'enleva et la jeta par la portière, au moment où la voiture entrait dans la cour-jardin de l'hôtel.

Julie n'avait pas prévu qu'elle pût être sensible à un décor qu'autrefois elle avait choisi et aimé. Son sang lui bourdonna aux oreilles, et avant de répondre d'un signe de tête négatif au chauffeur qui lui demandait : « Je reconduis Madame la comtesse ? » elle leva la tête vers une fenêtre du premier étage d'où son second mari se penchait, lorsqu'il entendait la voiture, pour crier à Beaupied : « Deux heures précises ! »

« Deux heures précises... Et la voiture poireautait jusqu'à quatre heures... Ou bien Herbert filait en taxi chez une poule quelconque... » Elle franchit le petit perron et la porte du vestibule sans presque s'en apercevoir, tout entière confiée à la sûre mémoire du pied sur le degré, de la main sur un bouton de porte. Un parfum féminin, dès le vestibule, la rendit à elle-même. « Le parfum de Marianne... Trop de parfum, trop d'argent, trop de diamants, trop de cheveux... » Une irritation inattendue lui faisait l'ouïe fine et la vue perçante. Au premier étage elle crut surprendre dans l'entrebâillement d'une porte un fil d'éclatant regard, une respiration, et la porte se ferma. « *Ma* chambre... » Un valet de pied la précédait, et elle s'attendait à ce qu'il lui ouvrît, à côté de la chambre d'Espivant, le cabinet de travail intime. Mais il la pria d'attendre dans un petit salon inconnu. Derrière une cloison, elle entendit la voix d'Espivant, et pendant un instant elle perdit pied dans le temps, douta du présent, crut poursuivre au sein d'un songe la certitude qu'elle rêvait. Le valet de pied revint, et elle le suivit.

« Où diable couche Herbert ? » se deman-

38

dait-elle en comptant les portes fermées. « Ma chambre... La lingerie... Sa chambre... La chambre que nous appelions la chambre d'enfant... » Elle s'arrêta soudain avec un mouvement de désespoir : « J'ai gardé mes vieux souliers ! » Elle faillit se retourner, courir, fuir. Le second mouvement lui rendit le calme : « Et qu'est-ce que ça peut bien me faire ?... Tiens, il s'est établi dans la chambre d'enfant. Drôle d'idée ! » Son guide s'effaça et Julie fit une belle entrée, son charmant nez au vent, l'œil simulant la myopie, sa bouche étroite entrouverte pour un sourire d'amabilité sans tendresse, et le regard à hauteur d'homme. Mais la voix d'Herbert monta d'un petit lit :

« Alors, il faut que je t'envoie chercher ? Tu ne m'aurais jamais demandé de mes nouvelles ? »

La voix était joyeuse, jeune, et d'un timbre que Julie ne pouvait encore entendre sans douleur et sans colère. Elle baissa les yeux, vit Herbert couché, l'enveloppa d'un regard. « Ah ! se dit-elle, il est perdu. » L'odeur d'éther, familière à Julie dans maint lieu mal fréquenté, prit soudain une signification affreuse, et lui enseigna ce qu'elle avait à faire et à dire.

« Herbert, dit-elle avec un peu trop de grâce, qu'est-ce que c'est encore que ce caprice, et cette publicité dans les journaux ? Et c'est pour me faire plaisir que tu as mis un pyjama en soie ponceau? Quelle opinion veux-tu que j'emporte d'un homme qui me reçoit en soie ponceau? »

Herbert lui tendit une main qui lui sembla épaissie, et désigna un petit fauteuil proche.

« Tu veux fumer? Tu peux fumer, dit-il.

— Et toi?

— Pas ce matin, ma chère. L'envie me manque. »

Elle ne voyait pas de ravages précis dans la figure d'Espivant. Pour elle, il « faisait du charme » comme pour n'importe qui, par habitude invétérée. Mais une décision mysté-rieuse semblait avoir bouffi imperceptiblement ce qui la veille était creux, et excavé par contraste les saillies d'un masque gascon, fin et brun. Julie le connaissait assez pour distinguer que la belle figure d'Espivant groupait, sous un front mâle, des traits un peu mignards. Mais le feu de l'œil brun clair, la bouche qui restait fraîche, la petite moustache hors de toute mode, elle les avait encore une fois devant elle, et encore une fois elle se mordait les bords de la langue, pour se châtier de souffrir encore une fois.

« Tu n'as pas encore déjeuné, Youlka? Prends quelque chose avec moi ici, veux-tu? Tu me feras plaisir! »

« Tu me feras plaisir!... *Si, la* dièse, *la* naturel, *fa* dièse. La même phrase, sur les mêmes notes... », pensait Julie.

40

« Mais..., commença-t-elle en se tournant vers la porte.

— Je prends seul ma petite collation. Et Marianne qui a passé la nuit debout — bien inutilement, je t'assure ! — Marianne se repose.

— Alors la moindre des choses, un fruit... C'est mon jour de fruits.

— Parfait ! Mon chou, je sonne. Dès qu'on nous aura servis, nous serons tranquilles. Je te raconterai mon accident, si ça t'intéresse. Mais est-ce que ça t'intéresse ? Youlka, ça ne te fait aucun effet d'être ici ? »

A la caresse de la voix, Julie comprit qu'il prenait encore du plaisir à lui faire mal.

« Aucun », dit-elle froidement.

Un infirmier blanc entra, suivi d'un secrétaire chargé de dépêches, à qui Espivant ne laissa pas placer un mot.

« Non, non, Cousteix ! Rien pour l'instant ! Débrouillez-vous, mon petit ! Je suis malade, bon Dieu ! Dit-il en riant. Ce soir, le courrier. Et encore !... »

Il s'appuya sur ses poings pour s'asseoir, le torse droit. L'instant que dura son effort, il ouvrit la bouche singulièrement, et dans la hâte que l'infirmier mit à l'assister Julie lut plus d'inquiétude encore que d'empressement.

« A-t-on idée d'un lit aussi étroit ! reprocha-t-elle. Un lit de quatre-vingts centimètres, comme les lits de bonne ! »

Elle reçut le regard approbateur de l'infirmier qui quittait la chambre.

« Chut! souffla Espivant. C'est <u>exprès</u>! C'est mon lit de défense! »

Ils riaient encore, du même rire méchant et complice, lorsqu'arriva sur deux tables roulantes leur repas de fruits, tel que Julie n'y trouva rien à reprendre : cerises tardives, pêches rosées, figues marseillaises à peau fine, et raisins de serre, embués, préservés des guêpes. L'eau glacée et le champagne tressaillaient dans des carafes de cristal épais, taillé en têtes de clous. Les narines de Julie s'ouvrirent à l'arôme du café, au parfum d'une rose jaune posée près du pot de crème fraîche. Elle cacha le plaisir qu'elle goûtait au luxe.

« Qui donc a demandé ce jambon, Herbert? Il est inutile. »

Espivant fit un geste d'indifférence :

« Marianne, sans doute... Et tu ne veux rien d'autre?

— Non, merci... Mais Marianne savait donc que je...

— De quoi vas-tu te préoccuper? Ne me fatigue pas. »

Un rayon de soleil coulait sur l'argenterie lumineuse. Herbert enveloppa de sa main la plus belle pêche, parée de sa verte feuille vivante :

« Comme c'est beau..., soupira-t-il. Prends

42

celle-là. Tu bois toujours ton café en mangeant les fruits ? »

Julie ne s'attendait pas à ce rappel de leur vie commune. Elle rougit, s'affermit en buvant un verre de champagne.

« Quel joli couvert ! dit-elle. Et ces cerises ! Laisse-moi un peu jouer avec tout ça. Ne t'occupe pas de moi. As-tu une potion, un médicament à prendre ? »

Espivant, qui avait ouvert une pêche, l'abandonna sur son assiette. Il souleva quelques cerises, les tendit au rayon vif :

« Regarde, on voit presque le noyau au travers, tant la chair est fine. Qu'est-ce que j'ai possédé, au fond ? Ce qu'il me faut quitter, est-ce que ça ne se résume pas à... »

Il laissa retomber les fruits, désigna de la main la petite table ensoleillée. Son geste n'exclut pas la grande femme blonde, campée de trois quarts sur sa chaise, qui affrontait la lumière et s'y trouvait aussi à l'aise qu'une guêpe. Elle s'essuya les lèvres, fronça les sourcils :

« Quitter ? Pourquoi, quitter ? »

Espivant se pencha vers elle. En sortant de l'ombre, il rendait évidente la coloration étrange et quasi végétale de son visage d'un blanc verdi sur le front, les tempes, autour de la bouche. Les yeux bruns s'environnaient du cerne qu'y avaient peint et aimé les femmes, tant de femmes, trop de femmes...

43

« Je suis perdu, Youlka, dit-il avec une légèreté affectée. Laisse-moi parler! Verse le café. Oui, oui, on me permet le café. Tu n'es pas frappée de voir si peu de médecins « à mon chevet » comme on dit? Non? Tu es une brute, tu ne vois rien. Tu ne vois même pas comment un homme est fait si tu ne l'as pas en face de toi, et quand je dis « en face » c'est parce que je respecte la bienséance, et les lambris d'un domicile doublement conjugal... »

Il rit, entraîna Julie à rire. Elle le fit avec contrainte d'abord, puis céda au fou rire aussi facilement qu'elle eût cédé aux larmes.

« Si elle nous entend..., dit-elle...

— Qui? Marianne? Elle nous entend bien un peu.

— Tu es mufle avec elle, Herbert.

— Non, puisque je lui mens. Avec... avec toi, tiens, j'ai été mufle. Je te disais la vérité. »

Elle enfla les narines, ouvrit une figue d'un coup de dents.

« Accorde-moi que je te l'ai bien rendue.

— Parce que je t'ai serré le cou assez fort pour t'obliger à la dire. »

Il lui jeta le regard oblique et plongeant dont il usait, dans le temps qu'il était son mari infidèle et jaloux. Même il mit son poing sur la hanche. Quelque intervention souveraine l'avait déjà dépouillé, à jamais, de la part la plus efficace de sa séduction, et Julie sentit fondre en pitié la violence qu'éveillaient en elle

44

des accents d'autrefois. « Pauvre homme... »
Et comme elle confondait volontiers, faute de
vocation et d'habitude, la pitié avec l'ennui,
elle se sentit un peu prisonnière entre Herbert
alité, l'argenterie compliquée et les fruits mûris
à l'abri du vent. Ses bibelots coloniaux l'appelèrent. Elle eut envie de sa rue à boutiques, de
Coco Vatard et de Lucie Albert parce qu'ils
étaient jeunes, appliqués naïvement à travailler et à s'amuser. Elle regarda autour d'elle et
chercha querelle au mobilier.

« Herbert, tu tiens beaucoup à ce chintz ?
On ne t'a jamais dit que le chintz noir et rose
t'allait comme un sautoir de perles à un
bouledogue ? Tu n'as donc pas de vrais amis ?

— Peu, dit Herbert.

— Et comment se fait-il que je te trouve
échoué dans la « chambre d'enfant » ? Est-ce
encore le besoin de faire jeune ? Tu exagères ! »

Accoudé à un oreiller, Espivant buvait son
café.

« Pousse ta table, veux-tu ? demanda-t-il
sans répondre. Pose ton café sur la mienne.
Amène aussi les cigarettes. J'ai à te parler. »

Elle obéit rapidement, avec la crainte
qu'Herbert ne vît ses souliers usagés. Pour
détourner d'elle son attention, elle distribuait à
l'ameublement quelques mauvaises notes :

« Ravissant citronnier dix-huit cent trente !
Un peu chichiteux pour un homme... »

45

Le secrétaire revint, portant un appareil téléphonique à long fil :

« La présidence de la République voudrait avoir des nouvelles...

— Comme ça vous va bien, Cousteix, toutes ces vrilles du téléphone. Vous avez l'air d'une treille. Mon ami Cousteix, qui veut bien me servir de secrétaire. La comtesse de Carneilhan. Remerciez le président, Cousteix. Je suis malade. Pas très malade. Assez malade. Enfin, ce que vous voudrez. Pendant que vous êtes là, Cousteix... Tu permets, Julie ? »

« C'est curieux, pensait Julie, qu'Herbert n'ait jamais su parler à un secrétaire, ou à un subalterne, sur un ton naturel. L'autorité des Espivant est comme leur titre, un peu neuve. Saint-Simon les a vus essuyer leurs plâtres, et Viel-Castel les charrie... Et voilà Herbert qui fait des coquetteries pour que son secrétaire s'extasie sur... »

Elle fit « ah ! » et s'élança. La porte refermée sur Cousteix, Espivant glissait en arrière, les yeux fermés. Julie trouva, ouvrit une fiole, mouilla d'éther sa serviette et en éventa les narines d'Herbert, si rapidement que la défaillance dura moins de soixante secondes.

« N'appelle personne. Ce n'est rien, dit Herbert distinctement. Je commence à avoir l'habitude. Il reste du café ? Donne-m'en. Tu as été si vite que je n'ai pas eu le temps de perdre connaissance. Merci. »

Il s'assit sans aide, respira ; tout son visage verdissant sourit.

« C'est curieux, tu sais, chaque fois, cette sensation de bien-être, d'optimisme qui accompagne ma... comment dirai-je ? ma petite mort. Veux-tu de la fine, Youlka ? J'en ai ici qui remonte à... Pépin le Bref. »

Elle restait un peu essoufflée, assombrie, et ne parvenait pas à détacher son regard du visage pâle, des orbites profondes.

« Merci, non. J'ai bu hier soir.

— Ah ? Avec qui ? Chez qui ? C'était bien ? Raconte ! »

Il se penchait, le sang lui montait aux joues, Julie reconnut les mots, les yeux voilés, l'espoir insensé d'agrandir le domaine des sens, et de nouveau elle détesta Herbert.

« Mais non, voyons ! J'ai bu un peu de whisky avec Léon, par hygiène pure. Tu veux me parler, ou tu veux que je te laisse te reposer ? Je peux revenir...

— Oui, mais moi je ne pourrai peut-être pas toujours... revenir. Reste ! Même si ça t'ennuie. Tu t'ennuies si vite... »

Il lui souriait sans bonté, mais la retenait de la main. « Nous nous connaissons trop, pensait Julie. Nous pouvons encore nous faire de sales blagues, mais nous ne pouvons plus nous tromper l'un sur l'autre. » Elle secoua la tête pour dire non, s'installa en face d'Espivant, les coudes sur la petite table, et versa de la crème dans sa seconde tasse de café. Une jeune voix masculine cria quelques mots dans la cour.

« C'est Toni », expliqua Espivant.

Julie baissa les yeux avec un sourire dissimulé : « Si tu crois que j'ai besoin de toi pour savoir que c'est Toni... »

« Mon petit chou, commença Herbert, nous disions donc que je vais mourir. Car tu ne peux pas être toujours là pour gagner de vitesse ce qui me poursuit... Oh ! je me rappelle, un jour, tu avais une casserole de lait sur un réchaud, le téléphone sonnait et le lait montait, tu as contenté à la fois le téléphone et le lait, tu as rabattu la manette du gaz avec ton coude, sans lâcher la queue de la casserole ni le récepteur, tu étais sublime. Nous étions pauvres... »

Elle pensa en elle-même : « Je le suis toujours », et cacha ses pieds sous sa chaise. Mais comme Espivant était moins pâle, animé et précis, elle se sentait vaguement contente, fière de cet apaisement qu'il lui devait.

« A propos, comment va Becker ?

— Bien. Il est à Amsterdam.

— Il te fait toujours une pension ? Combien ? »

Julie rougit et ne répondit pas. Elle hésitait entre le mensonge et la vérité, et opta pour la vérité.

« Quatre mille par mois.

— Ce n'est pas royal.

— Pourquoi serait-il royal ? Il n'est que

baron, et encore si on n'y regarde pas de trop près.

— Loyer compris?

— Compris.

— Pas de ristournes?

— Pas. »

Espivant la couvrit du regard qu'elle appelait en elle-même « le petit regard », serré entre les cils, pointu et expert. Elle sut qu'il appliquait enfin son attention au noir un peu pâli de sa jaquette, à son chemisier très blanc mais lavé et relavé. Le regard s'arrêta à ses pieds. « Ça y est. Il a vu les souliers. » Elle respira, délivrée, mangea les dernières cerises, et se poudra lentement : son sac était presque neuf.

« Et tu ne m'as rien dit, reprocha sèchement Espivant.

— C'est contraire à mes principes », repartit-elle sur le même ton.

Il se fit encore plus dur :

« Il est vrai que ta manière de vivre ne me regarde pas.

— Non, elle ne te regarde pas. »

Elle baissa le front, se prépara à elle ne savait quels coups; mais Espivant resta calme. « Ce n'est pas moi qu'il ménage, c'est lui », pensa Julie.

« Imbécile, dit-il avec douceur, parlons bien. Voilà trois fois, sans reproche, que je t'annonce ma fin prochaine. Mais là-dessus tu

49

me parles ameublement et décoration, parce que cette chambre insexuée ne te plaît pas. Donne-moi une cigarette. Si, donne-moi une cigarette. Tu n'as pas compris que je couche ici « par hasard », au moins trois fois la semaine... « Non, non ne changez rien à cette laide chambre, ma chérie, vous savez bien que je ne veux pas d'autre chambre que la vôtre, la nôtre... Mais ce soir que j'ai à travailler, ce soir que je me sens laid et las... »

Il imitait Espivant parlant à sa seconde femme, et Julie ne pouvait s'empêcher de rendre hommage à tant de langueur, d'autorité amoureuse : « Il est épatant dans la traîtrise ! »

« Tu lui dis vous, à ta femme ?

— Pas tout le temps. Elle aime les contrastes. Enfin, tu comprends, mon système me permet de couper au truc.

— Couper au truc..., répéta Julie rêveuse.

— Quoi, dit Herbert impatienté, il te faut une traduction ?

— Oh ! non... Simplement, je ne dis pas ça comme ça. Continue. Je ne croyais d'ailleurs pas Marianne si... C'est vrai qu'elle a trente-cinq ans. l'âge où une femme ne sait pas qu'il faut, une fois sur deux, dire non à un homme de... de notre âge environ. C'est pourquoi une honnête femme vous détériore un homme de cinquante ans autrement vite qu'une vieille fée qui a appris à ne pas dégrader ses propriétés.

— Dis donc, je n'ai pas cinquante ans !

— Pas avant cinq mois, je sais. Mais je voulais m'élever aux généralités. »

Elle posa sur Espivant son regard qui devait au fard bleu presque toute sa douceur. « Il n'aura peut-être jamais cinquante ans... »

« Enfin, reprit-elle, tu as une femme avec laquelle on ne peut pas badiner. Continue. »

Il écrasait, absorbé, sa cigarette à demi fumée.

« Continue ? Je n'ai plus rien à dire. C'est toi qui viens de raconter mon histoire... et celle de ma femme.

— C'est cher, une femme riche.

— Et belle. Oh ! je reconnais que j'ai été idiot. J'ai cherché de l'aide... Des trucs... Des pilules...

— Comme le duc de Morny ?

— Comme le duc de Morny. Rien de bon ne saurait nous venir des exemples légués par une noblesse d'Empire ! »

« Nous ? Qui ça, nous ? » Julie s'égaya, malignement. « Du moment que « nous » ça ne veut plus dire Herbert et Julie, je ne pense pas que ça signifie les Espivant et les Carneilhan dans le même sac ? » Elle cachait avec le plus grand soin l'orgueil qui l'attachait à son nom, à son ancienneté déguenillée, aux restes de l'épais château-ferme qui ne s'était jamais appelé, depuis neuf cents ans, autrement que Carneilhan, comme ses maîtres.

51

« Pas d'impertinence avec le Second Empire, Herbert! Mon prochain boudoir, je le mets en capitons, comme chez la comtesse de Teba. Sérieusement, Herbert, pourquoi ne t'en vas-tu pas? Tu l'as assez vu, cet hôtel et ses petits bois funéraires. Va-t'en. Emporte ton pyjama ponceau... et ta dot.

— Ah! oui, ma dot... »

Il rêvait, les yeux au plafond tendu de chintz, et semblait à bout de détermination.

« En a-t-on parlé de cette « dot » qui assurait mon élection... Cinq millions? Quatre millions? Dis, Julie?

— On a dit cinq. On a dit deux. »

Elle voulut lui plaire et l'offenser, effleura du doigt la lèvre et la petite moustache de mousquetaire :

« Cinq ou deux, c'est pour rien. »

Il prit au vol et baisa distraitement la main habile à tous travaux.

« Tu entends? On a déjà sonné au moins quatre fois depuis que tu es ici. Je parie que Marianne reçoit à ma place. Je parie qu'elle a promis depuis ce matin un pont, une école, un lavoir et un orphelinat.

— Et elle les donnera?

— On lui apportera les devis. Elle les fera examiner. Ça prendra du temps. »

Il s'assit, ouvrit le pyjama ponceau sur son cou un peu épais.

« Elle paie, elle ne donne pas. Tu comprends, Youlka ?

— Genre épouse américaine ?

— Je ne sais pas, je n'ai pas encore épousé
d'Américaine. Ma dot ! Elle a mis « tous ses
biens » à ma disposition. Tu saisis la nuance ?

— Très bien. Elle t'a eu. »

Ils fumèrent sans rien dire. Par fatigue, peut-
être aussi par coquetterie chronique, Espivant
abaissait sur ses yeux ses paupières sombres.
Julie écoutait, dans le corridor, des pas légers
de femme : « C'est peut-être elle... Il y a plus
d'une heure que je suis ici... C'est tout ce qu'il
avait à me dire ? »

« Pourquoi l'as-tu épousée, en somme ? »

Herbert rouvrit les yeux, lui jeta un regard
de pédagogue hautain :

« Ma bonne enfant, quelle question !... Quatre mois tout juste pour mener une campagne
électorale, une beauté veuve qui me faisait la
cour, et une situation... nettement obérée...
voilà ce que j'avais devant moi.

— Une situation obérée, même nettement,
c'est toujours la bouteille à l'encre. Tandis
qu'un mariage comme le tien éclaire tout à
giorno.

— Si je n'avais été que l'amant de
Marianne, qu'est-ce qu'on aurait entendu
comme chœur des petits amis et des adversai-
res politiques, sur l'air : *D'où vient l'argent ?*

— On ne demande jamais d'où vient l'argent quand le candidat est élu. »

Espivant se redressa, égayé :

« Te voilà bien savante ! Où as-tu attrapé ça ?

— Avec toi. Je te ressers ce que tu disais à propos de la candidature de Puylamare. »

Herbert la regardait entre ses cils, avec une attention qu'elle supportait sans embarras.

« Il est dit que tu m'épateras toujours, Youlka.

— Oui, à la façon du cheval de course qui se met à gagner dès que son propriétaire l'a vendu. Tu n'es qu'un enfant à moustaches. Tu as cru que tu serais riche parce que Marianne l'était. C'est ton excuse. Tu avais le plus urgent besoin d'un tas de bibelots inutiles, tu voulais des voitures comme celles d'Argyropoulo, tu voulais donner des fêtes vénitiennes comme les Fauchier-Magnan, et même, et même, tu voulais une femme plus belle que toutes les autres... »

Elle parlait de haut, plissait autour de ses yeux le réseau de rides fines qu'estompait le fard gris-bleu. Herbert la laissait aller, bercé, friand de flatteries et d'injures : il leva une main pour protester, et le soleil, en frappant cette main blanche, écrivit sur sa boursouflure quelque chose qui ôta la parole à Julie pour un instant.

« Je voulais, poursuivit plaintivement Herbert, je voulais une liasse d'inédits de Corneille, de quoi faire un livre formidable... Je voulais un château, oh! un château... »

Il s'assit d'un coup de reins comme un jeune homme bien portant :

« Imagine-toi, Julie... Ça s'appelait Maucombe... L'image tout entière du château est à ses pieds, dans l'eau d'un étang magnifique. Il a l'air de se moquer un peu de lui-même, de savoir qu'il est un peu trop du quinzième, qu'il a un peu trop de tourelles d'angle, un peu trop de flèches, de porches, de sauces gothiques. Mais une grâce de proportions... Et ce miroir sur lequel il est posé... Je voulais, reprit Herbert, des choses dont j'ai eu envie si longtemps... »

Il regarda Julie, se reprit :

« ... dont nous avons eu envie si longtemps... »

Elle lui sourit généreusement :

« Oh! moi... j'oublie mes envies plus vite que toi... Marianne aurait bien pu, franchement... »

La main blanche et gonflée reparut dans le rayon de soleil, fit un signe indécis. « Je le lui aurais donné, moi, si j'avais été Marianne, autrefois... Il n'est jamais si séduisant que quand il désire en égoïste... »

« Et tu ne l'as pas eu, ton... ton Robida ? Pourquoi ?

— Oh! c'est compliqué... Il fallait assécher

un marécage qui s'était formé en raison de l'abandon des douves... Trop cher, région pas assez saine... Trop isolé... Ils n'ont que deux mots à la bouche, les mots « trop » et « pas assez », ces gens-là...

— Qui ? »

Espivant regarda autour de lui comme un homme épié :

« A vrai dire, je n'en sais trop rien. On ne tombe pas au milieu d'une fortune comme celle de Marianne, on tombe à côté, dans les environs. On y arrive... Je ne t'ennuie pas, Julie ?

— Va donc, va donc.

— On y arrive comme... tu sais, comme le type qu'un accident de voiture oblige à passer une demi-journée dans une famille inconnue, au bord de la route, et à qui ses hôtes de hasard s'entêtent à dire : « Celui-ci c'est l'oncle Réveillaud, et cette dame c'est la tante de ma belle-sœur Charlotte, et ce grand garçon-là c'est Georges, qui se destine à Saint-Cyr... » Comme si le naufragé pouvait s'en souvenir cinq minutes après... »

Une quinte de toux l'interrompit.

« Herbert, tu te fatigues. Veux-tu boire ? »

Il refusa d'un geste.

« Je ne tousse pas de la gorge, je tousse du cœur. Laisse. La fortune de Marianne, c'est... c'est un gros corps étranger, quinteux, énorme, cachotier, qui parle toutes les langues, qui a

tout le temps mal quelque part, comme moi j'ai
mal au cœur, comme toi tu as mal aux reins...

— Pardon, je n'ai pas mal aux reins, dit
Julie orgueilleusement.

— On le sait, on le sait qu'ils sont en acier !
dit Espivant en haussant l'épaule. C'est pas
comme les minerais de Marianne ! Quand on a
envie d'avoir... je ne sais pas, moi...

— La lune », proposa Julie.

Il lui sourit avec une approbation qui la
flatta.

« La lune, mettons, on découvre tout d'un
coup que justement cette année-là le cuivre a
les pâles couleurs, les diamants ont le ver
coquin, et que les passereaux ont bouffé les
arachides sur l'arbre... »

Julie riait comme elle savait rire, les yeux
mouillés et la bouche ouverte. Elle crut entendre un frôlement contre la porte et rit un peu
plus haut, tandis qu'Espivant baissait la voix.

« De la paperasse et de la paperasse, des
cartonniers, des machines à calcul, des
bureaux glacés dans des quartiers impossibles,
des petits gars mal foutus qui transportent des
dossiers, des fondés de pouvoir mieux habillés
que moi, qui disent : Nous n'avons pas à
connaître le comte d'Espivant, mais la dame
Anfredi Marianne-Hélène, veuve de Hortiz
Ludovic-Ramon... » C'est ça, la fortune de
Marianne, ça et encore bien d'autres choses,
mais ce n'est pas « de l'argent ». C'est une

administration. C'est un dédale. Finalement
on bute, au bout d'un couloir, contre un petit
vieux qui s'appelle Saillard, qui est plein
d'asthme et n'arbore aucun titre. Marianne va
chez Saillard, revient de chez Saillard. Elle en
ramène souvent une figure longue comme ça.
Elle dit : « Ça n'a pas marché, Saillard ne veut
pas. »

— Ne veut pas quoi ?

— Ne veut pas affecter quatre millions à
une acquisition domaniale, ne veut pas avancer dix-huit cent mille francs pour l'achat d'un
petit Fragonard ravissant, une occasion unique !... Saillard fait observer à Mme la comtesse
d'Espivant que ses diamants ont été remontés
au goût du jour lors de son remariage, et qu'en
outre une nouvelle parure d'émeraudes,
acquise récemment... Qu'en sa qualité de
tutrice de son fils mineur, Hortiz Antoine-
René, elle est tenue à... Oh ! assez de tout ça !
s'écria Espivant en étirant les bras. C'est drôle,
quand j'ouvre les bras, j'ai un point ici... »
Il tendit l'oreille vers le jardin.

« Ça, je sais ce que c'est. Le professeur
Giscard. Celui-ci, je ne peux pas le remiser
comme un simple exécutif. Julie, il faudrait
revenir. Nous n'avons eu le temps que de dire
des stupidités. Dis-moi, veux-tu revenir ? As-tu
la moindre envie de revenir ?

— Mais... je veux bien.

— Elle veut bien ! Je t'en ficherais, moi, de

la condescendance, reine des poux, si j'étais valide... »

Julie crut qu'il plaisantait grossement, mais elle vit, étonnée, qu'il était sur le chemin d'un de ces éclats secs, imprévisibles, qui secouaient autrefois leur demeure conjugale, et dont la dernière clameur mourait dans une poussière d'assiette brisée... « Ah! mais il m'embête... » Pourtant elle se hâta de rire comme si elle le craignait encore, et promit de revenir.

« Un autobus me met à ta porte, tu sais? Je le préfère à Beaupied. Beaupied tremblote de la nuque, c'est un spectacle odieux quand on est assis derrière lui. L'office a toujours l'air d'un hospice de vieillards, chez toi. Et ta voiture!... Tu crois que ça me fait plaisir de me balader dans la voiture de l'archevêque, doublée en drap gris perle? Tu pourrais aussi enseigner à Madame, deuxième du nom, qu'on ne met pas un chauffeur en toile blanche sur une voiture comme celle-là, dans Paris...

— Si tu ne t'en vas pas, tu seras forcée de le lui enseigner toi-même, interrompit Espivant. Parce qu'elle va monter avec Giscard. File, mon chou. Je te téléphone. Dieu, que tu as une jolie taille! Indestructible bougresse!... »

Il l'enveloppa d'un regard envieux, qu'il détourna pour ne plus contempler que la porte par laquelle lui viendraient les secours et les condamnations.

Dans la galerie, Julie se rendit compte

qu'elle avait perdu une partie de l'assurance à laquelle, deux heures plus tôt, elle devait d'avoir eu le pied si léger, et l'esprit tourné vers l'aventure. Toutes les portes closes de la galerie, qu'elle avait épiées malicieusement en arrivant, lui furent suspectes. En bas, elle malmena le vieux loquet de fer qui bringuebalait depuis Louis XV à la porte vitrée, et faillit se tordre la cheville sur le gravier. « Ah ! soupira-t-elle en foulant enfin le trottoir, il fait bon ! Je suis sûre que Marianne me regardait partir. C'est elle qui me guettait à toutes les portes. Elle voulait que je me casse une jambe dans le jardin... Avec tout ça, qu'est-ce que j'ai eu pour déjeuner ? Je ne pèse pas lourd. Une pêche, des cerises, des figues... Et un extraordinaire café, je dois le dire... »

Heureuse d'avoir quitté l'objet de sa répugnance la plus instinctive, un lit de malade, elle respirait à longs traits l'été qui à Paris décline si tôt. Le bouton de rose jaune mollissait, épinglé au revers de sa jaquette. « C'est une rose de Marianne. » Loin de vouloir la jeter, elle la pressa de la main comme un butin. A deux ou trois reprises sa pensée se tourna, avec une sorte de gloutonnerie, vers les deux heures qu'elle venait de passer en zone interdite. Mais sagement elle en ajourna l'examen. « Je dépouillerai ça à la maison. » Les regards des hommes descendaient de sa nuque blond beige à ses souliers fendillés, et elle s'arrêtait un moment aux vitrines de tous les magasins de chaussures. « Bientôt ce sera le tour des gants », soupira-t-elle. Et elle chercha dans l'autobus un refuge contre les tentations.

Le petit ascenseur chevrotant, l'escalier bâclé qui n'en finissait pas de semer son plâtre, elle les revit avec un élan amical, comme si elle revenait d'une longue absence. Sous le coup d'une inspiration, elle changea de place quelques meubles du studio. Puis elle brancha le fer à repasser, caparaçonna la table de cuisine et se mit à l'ouvrage. Une robe de crêpe marocain noir, exploitée le soir et l'après-midi, connut le coup de fer, l'ammoniaque diluée, un peu d'eau glycérinée sur les coudes et les hanches menacés de lustrage. Un costume tailleur bleu marine, à quatre petites poches de paillettes mates bleues et rouges, reçut des soins tout aussi attentifs, et Julie savonna une blouse, deux cache-sexe en maille, des bas de soie. Trois coups de sonnette l'appelèrent. Elle ne quitta pas sa blouse de ménagère pour aller ouvrir, et elle amena son visiteur dans la cuisine.

« Quelle heure est-il donc, Coco, que te voilà ?

— Cinq heures.

— Déjà!

— Tu ne pourrais pas dire : enfin?

— J'ai eu à faire, comme tu vois; la journée m'a paru courte.

— T'as bien de la veine.

— Oui? »

Elle regardait avec un riant mépris ce jeune homme qui gravement la traitait de veinarde.

« Si tu veux, attends-moi dans le studio.

— Je peux rester ici?

— Tu ne me gênes pas. Prends le tabouret de Mme Sabrier. J'en ai pour dix minutes. »

Elle reprit son travail, roula son savonnage dans une serviette humide, repassa les plis d'une jupe, changea de souliers, recousit un ourlet. Coco Vatard suivait tous ses mouvements. Depuis qu'il était entré, elle apportait à ses travaux une minutie un peu insultante, oignant de crème les talons de chaussures, maniant le chiffon-velours à coups d'avant-bras rapides...

« Ça t'amuse? » lui demanda-t-elle.

Il ne détourna pas ses yeux clairs.

« Oui, dit-il d'un ton concentré. Personne ne travaille comme toi. Si mes teinturières travaillaient comme ça... Toi, tu as le chic et la manière. Je voudrais te regarder travailler tout le temps.

64

— Mais tu n'as pas envie de m'aider ? Ni que je me repose ? »

Elle s'assit sur le bord de la baignoire, défit sa blouse de ménage, l'enleva d'un geste agressif et rafraîchit ses bras duveteux, ses épaules et sa gorge dont la couleur blonde rejoignait celle de ses cheveux. Le seul mouvement de pudeur qu'elle eut fut pour nouer, autour de son cou dont la peau, sous le menton, commençait à devenir lâche, un petit foulard tyrolien.

« Non, dit Coco Vatard après avoir réfléchi. Je ne saurais pas faire aussi bien ce que tu fais. Et puis pourquoi te reposerais-tu ? Tu t'ennuies, dès que tu te reposes.

— Ce n'est pas vrai ! » cria-t-elle.

Aussi promptement que le rire, la colère lui humectait les yeux. Mais Coco Vatard ne s'émut pas, sinon d'admiration. Il releva posément le bord de son veston, tira son pantalon sur ses genoux. Il lui manquait si peu de chose pour être impeccable que Julie espéra, en retouchant son nœud de cravate, le lui donner. Mais encore une fois elle y renonça, et s'écarta de lui au moment où il voulait la prendre dans ses bras.

« Que tu sens bon, lui dit-il avec la sincérité qui ne le quittait guère. Tu sens le dessous de bras et l'encaustique. Tu ne veux pas être gentille avec moi aujourd'hui ? »

Elle le regarda d'un peu loin, la tête penchée sur l'épaule. « C'est vrai qu'il est gentil, lui,

65

malgré l'air endimanché qu'il a tous les jours de la semaine... C'est un honnête jeune industriel qui a de grands yeux d'enfant et le nez retroussé. Mais je n'ai pas envie... »

Elle soupira et dit :

« J'ai faim...

— Tu as faim? Comment ça se fait? »

Elle dilata ses narines, haussa le menton :

— Ça se fait, mon cher, que j'ai manqué de temps pour déjeuner. Le comte d'Espivant m'a envoyé sa voiture, et j'ai passé trois heures, quatre heures, je ne sais plus, à son chevet.

— Il va bien? demanda familièrement Coco Vatard.

— Non. Il va mal. »

Comme elle voulait dîner dehors, et aller au cinéma, elle ajouta, compétente :

« C'est-à-dire que le pronostic du professeur Giscard est pessimiste. Mais une issue fatale n'est pas imminente.

— Et sa femme, qu'est-ce qu'elle a dit de ce que tu vas voir ton... son mari ?

— Rien. Elle n'était pas présente à notre entrevue.

— Ah !... », dit Coco, rêveur.

Il parut penser, et prit parti :

« C'est moche.

— Qu'est-ce qui est moche ?

— D'aller l'une chez l'autre. C'est moche qu'il t'ait appelée, moche que tu y sois allée, et moche que l'autre vous ait laissé faire. »

Julie ne sourcilla pas. Elle se savonnait les mains au robinet de la cuisine et regardait Coco Vatard dans un petit miroir accroché au-dessus de l'évier. « Qu'est-ce qu'il y connaît ? pensait-elle. Il travaille très bien dans les matières colorantes, fait une bringue modeste et régulière. Je parie qu'il a dans son porte-feuille une photographie de son père en soldat de deuxième classe, un peu jaunie. C'est un bon petit. »

« Homme, dit-elle à voix haute, qu'y a-t-il de commun entre vous et moi ?

« Il y a, j'espère bien, une grande envie de prendre l'air. Où dîne-t-on ? Tu as donné rendez-vous à Lucie Albert ? Mais pas à la mère Encelade, je suppose ?

— Non, dit Coco. Ni l'une ni l'autre. Tu ne m'avais pas donné l'ordre et la marche... Ça t'ennuie que nous soyons seuls ? »

Elle effaça les trois petits plis verticaux que gravait entre ses sourcils la moindre contra-riété.

« Pas du tout. Mais fais-moi prendre quel-que chose avant de dîner, ou je te mange une joue. » Il tendit sa joue, rasée de frais, que Julie effleura de sa bouche fardée.

Elle dormait encore à dix heures le lende-main matin, et écoutait à travers son sommeil les bruits quotidiens de la cuisine. Quand

Mme Sabrier entrouvrit la porte du studio, elle ne lui laissa placer aucune doléance :

« Un verre d'eau froide et un cacao à l'eau. Pas de petit déjeuner, ni de grand. Pas de balai mécanique. Un coup à mes chaussures, à mon tailleur, et la fuite. Je dors. Rien au courrier ? A demain, madame Sabrier. Ne brossez pas mes petites poches en paillettes, ça les découdrait. »

Elle se tourna, en chien de fusil, le front contre le mur. Mais elle ne retrouva pas son agréable demi-somme qui suivait les nuits brèves et troublées de boissons diverses. « C'est la faute du champagne. D'abord, pour être bon, il faut qu'un champagne soit merveilleux. Les boîtes de nuit ont à présent un champagne standard qui fait métallique. Parlez-moi de la fine avec ou sans eau, d'un bon whisky qui ne laisse rien sur la langue... » L'odeur refroidie du tabac persistait dans ses cheveux, et sur son oreiller. « Décidément, j'ai le palais et le nez poisonneux, ce matin... Qu'est-ce qu'il y a donc ? »

Son verre d'eau balaya les brumes du matin.

« Je sais ! s'écria-t-elle. Il y a que je suis brouillée avec Coco Vatard ! »

Elle se recoucha, tira soigneusement l'unique drap, fin, usé, qui plié en deux suffisait à napper et border le lit-divan étroit. Les yeux au plafond, elle fit le résumé de sa soirée. Première ombre : un dîner tête-à-tête dans un restaurant de banlieue... Au départ, elle tenait le volant

malgré l'appréhension de Coco : « Fais attention, recommandait-il, c'est la voiture de papa,
la mienne a été emboutie... Si papa te voyait
prendre les virages comme ça... »

« Nous aurions dû emmener papa, dit à la
fin Julie. Tu aurais été plus tranquille. »

Innocente plaisanterie, mais qui changea
Coco Vatard en fils gourmé et silencieux, fermé
à tout humour qui prenait sa famille pour
cible. Le dîner, le restaurant avaient de quoi
contenter Julie. Mais la nuit presque close, un
reflet des lumières dans un petit étang, l'humidité douce et le parfum des géraniums, une
musique que Mme de Carneilhan suivait à mi-
voix, c'en était trop pour Coco-Bouche-d'Or :

« Pourquoi est-ce que c'est si triste, tout ça,
Julie ? »

Elle le regardait avec un reste de bonté, et
fredonnait pour ne pas lui répondre : « C'est si
triste parce que tu n'es pas fait pour y être avec
moi, et que rien ne t'y est destiné. Tu n'es fait
ni pour boire ni pour dîner avec une femme qui
ne t'aime pas, qui vient de loin, qui reste loin
même quand tu la serres contre toi. Tu es bâti
pour dîner en famille, pour être gai quand c'est
samedi, pour te donner des airs de distancer
ton père que tu es juste capable de suivre, et
même de respecter. Moi aussi, je trouve que
c'est triste, d'être ici. Mais j'y suis venue déjà
assez souvent, avec d'autres hommes, alors
c'est beaucoup moins grave. Je répartis la

tristesse d'être ici entre Becker, Espivant, Puylamare — et d'autres dont tu n'as jamais
entendu parler... Ou bien tu en as entendu
parler, et cela n'a pas d'importance. Tiens, une
fois je dînais à cette table, là-bas, avec mon
premier mari. Je m'appelais la baronne
Becker. A une autre table il y avait un lieutenant en uniforme, et un civil. Je ne regardais
que le lieutenant. C'est drôle, on ne voit plus
de lieutenants aussi blonds, maintenant. Celui-
là tout d'un coup se lève, vient droit à notre
table, s'excuse et décline son nom, en ajou-
tant : « Votre cousin très « humble,
madame... » Et le voilà qui grimpe à un arbre
généalogique, qui défile des parentés, des
noms, des alliances... Becker hochait la tête,
disait : « Parfaitement... oui, oui, je vois très
bien... « D'ailleurs, il y a un réel air de famille
entre ma « femme et vous... » Et rien n'était
vrai, que la blondeur du lieutenant en or filé, et
d'autres qualités, très authentiques, qu'il
révéla... Mais ce n'est pas à toi que je peux
raconter des histoires pareilles. Pourtant tu
n'es ici ce soir que parce que nous sommes
rentrés ensemble, à la fin d'un souper, il y a...
je ne sais plus... deux mois, trois mois, et que
ma foi nous en avons été bien contents tous les
deux. Mais d'avoir été bien contents, quel
rapport ça a-t-il avec l'obligation de recommencer ? Tu es comme une jeune fille de
l'ancienne France : « Maman, je suis fiancée,

« un monsieur m'a embrassée dans le jardin ! »
Va, redemande du champagne, c'est une
bonne idée. J'ai encore quelques jours à attendre le chèque de Becker, et deux cent soixante
francs pour toute fortune. Je ne peux pourtant
pas, pauvre petit qui n'es pas encore riche, te
taper. Je n'ai jamais aimé l'argent qui vient des
hommes. Paie à boire et à manger à la
comtesse de Carneilhan, qui n'est pas comtesse, mais qui est salement Carneilhan ce soir,
et de mauvais poil comme tous les Carneilhan... »

Pourtant elle se savait avantagée par l'heure,
l'éclairage, le chapeau plat de feutre bleu
sombre penché sur l'œil, la couleur jaune-rose
de sa peau et de ses cheveux. Quelques dîneurs
l'avaient reconnue, et Coco Vatard la trouvait
belle... Ce fut à ce moment-là que son jeune
compagnon voulut lui prendre et lui baiser la
main par-dessus la table, et qu'elle lui donna
une gifle.

La malchance voulut que sur la joue bien
tendue de Coco le geste fît un bruit clair et
théâtral. Ceux qui ne virent pas la gifle l'enten-
dirent. Ils rirent, et Coco Vatard eut le bon
esprit d'en faire autant. De sorte que Julie resta
seule à froncer le nez « à la fauve », et qu'elle
ne s'adoucit qu'au prix d'un certain effort...

« C'est moi qui ai eu l'idée de Tabarin,
après... Le retour... Ah ! oui, il n'a plus voulu
que je conduise la voiture de papa... Il préten-

71

dait que nous nous arrêtions sur le bord de la route, dans les bois de Fausses-Reposes, pour faire l'amour... Pique-nique complet! C'était très gentil, et je ne sais pas pourquoi je l'ai envoyé promener... Voilà bien ma veine, j'ai faim! »

Elle se releva, fouilla le garde-manger qui se donnait des airs de Frigidaire, y retrouva le triangle de fromage blanc, dédaigné la veille. Une tartine poudrée de poivre et de sel lui rendit presque tout son optimisme. Mais elle appréhendait, dans les jours difficiles et les fins de mois, son terrible, son inéluctable et ponctuel besoin de manger. Méprisé, ajourné par les cigarettes à jeun, il revenait tourmenter un estomac qui ne s'offensait de rien sinon du vide, et que Julie avait mis à tous les régimes. « Il n'y a pas encore de portugaises. Mais il y a des friands tout chauds. Un verre de muscadet par là-dessus, et je m'en tirerai avec dix francs, à la terrasse du petit café. » En mangeant sa tartine, elle humait le milieu du jour, humide et tiède. « Si on pouvait avoir deux mois de ce temps-là, deux mois avant de songer à un manteau chaud... »

Sans même regarder l'heure, elle alla fumer sur son lit la première cigarette. Tous les détails de la soirée précédente la visitèrent, du dîner mélancolique jusqu'au spectacle de Tabarin, jusqu'à la rencontre de Béatrix de La Roche-Tannoy, ci-devant femme du monde devenue diseuse à voix. « Troisième vedette sur l'affiche de Ba-Ta-Clan ! Pauvre Béatrix, elle croyait qu'un scandale mondain ça dure toute la vie. Nous y sommes toutes allées, aux débuts de Béatrix sur la scène du Casino. Le temps de constater que le grand nez des La Roche-Tannoy, sous les aigrettes et les diadèmes de strass, était encore plus ennuyeux qu'à la ville, et personne n'y pensait plus... »

Poussée par un ennui qui ne dissipaient pas les châteaux de chair élevés sur la scène et la piste de Tabarin, Julie avait fait place à Béatrix et présenté Coco Vatard à la forte femme coiffée d'un petit hennin pailleté.

« Coco, du champagne frais pour Mme de La Roche-Tannoy.

— Voilà, voilà, dit Coco avec une respectueuse familiarité.

— Tu es seule, Béatrix ?

— Oui. Je viens pour affaires. Je dois voir Sandrini après le spectacle. Il a envie de m'engager pour la revue d'hiver.

— Et... tu es contente ?

— Ravie. Si j'avais su, ce que je leur aurais tourné le dos dix ans plus tôt, à cette bande de snobs !

— Il n'y a pas de temps de perdu, dit Julie avec une certaine férocité.

— Et toi ? Ton père va bien ?

— Inouï, ma chère. Il dresse encore quelques poulains, à Carneilhan.

« — Sans blague ! dit Coco Vatard. Tu as un père ? »

Julie le regarda sans mot dire et échangea un sourire avec Béatrix.

« Tu ne m'avais jamais raconté, insista Coco, que tu avais un père. Pourquoi tu ne me l'avais pas raconté ?

— Je n'ai pas eu le temps », dit Julie.

D'un rire plus accentué, elle avouait à Béatrix la nouveauté et le peu d'importance de ses relations avec Coco Vatard, et Béatrix, égayée, mit son grand nez dans un grand verre.

« Et ta mère ? lui demanda Julie.

— Remariée, ma chère, rien que pour me vexer. A soixante et onze ans !

— Ça, alors..., dit Coco Vatard. C'est débecquetant.

— Coco, dit Julie, verse donc du champagne à Mme de La Roche-Tannoy. Mais Volodia, qu'est-ce qu'il a dit de ce remariage ?

— Lui ? Il voulait se suicider ! Tu penses, lui qui était fiancé officiellement avec ma mère depuis trente ans !

— Bon Dieu ! dit Coco Vatard. Il voulait se suicider pour la rom... pour la personne de soixante et onze ans ? Je fais un rêve ! »

Aucune des deux femmes n'eut l'air de l'avoir entendu. Julie écarta l'assiette de petits sandwiches, mit ses coudes sur la table pour se rapprocher de Béatrix, qui fit vers elle le même geste.

« Tu vois encore ta sœur Castelbéluze ? »
demanda Julie.

Béatrix se redressa, ouvrit sa fourrure sur sa
robe décolletée et ses seins jumelés :

« Elle ? Tu ne voudrais pas ! Elle a pris
nettement position, au moment de mon chan-
gement d'existence, elle a ameuté ma
famille... »

Le grand nez historique s'inclina, confiden-
tiel :

« Mais je dois dire que mon beau-frère a été
très bien. Il n'a pas fait chorus. Il gagne à être
connu, chuchota Béatrix. A propos, dis-moi
donc, en quels termes es-tu avec Espivant ?

— Mais toujours les mêmes ! Nous nous
adorons, pourvu que nous ne soyons pas
mariés. J'ai passé au moins trois heures près de
lui aujourd'hui même ! Tu vois.

— Chez lui ?

— Chez lui, voyons, il était encore au lit.

— Mais, Julie !... Et sa femme, pendant ce
temps-là ?

— Marianne ? Ceci ne me concerne pas, ma
chérie. Pendant ce temps-là, elle a fait ce qui
lui a plu. »

Les yeux rapprochés, le long nez de Béatrix
exprimèrent enfin une stupéfaction dont Julie
sentit le prix au point qu'elle rougit, rit et
jubila : « Elle va raconter ça à toute la chré-
tienté ! »

75

« Est-ce que c'est vrai, qu'Espivant va mourir ?

— Tu es folle ! Une crise d'arythmie, les fatigues de la vie parlementaire...

— Mais tu m'avais dit, interrompit Coco Vatard, que ton... que le comte d'Espivant filait un mauvais coton...

— Ton briquet, Coco... Merci.

— Je te demandais ça, dit Mme de La Roche-Tannoy, parce que Espivant n'a en somme aucun parent.

— A qui le dis-tu, ma chère ! Aucun parent. »

Elles échangèrent un regard appuyé, que le champagne attisait. Mais aucune langueur alcoolique n'adoucissait ces solides buveuses, ni n'égarait leur familiarité circonspecte.

« Naturellement tu sais le bruit qui a couru il y a quelques jours ? Le divorce d'Espivant ?

— Je suis au courant de mieux que ça, repartit suavement Julie. Peut-être pas le divorce tout de suite, mais une séparation. Marianne serait atteinte d'une maladie grave... »

Béatrix fit entendre un rire chevalin.

« Une maladie grave, c'est une promesse qui est rarement tenue !

— Simple potin, dit Julie.

— Et si tu n'en es pas sûre, dit Coco, pourquoi en parles-tu ? Ça ne t'intéresse pas ? »

76

Julie poussa de côté le verre et le cendrier du jeune homme, couvrit de son buste penché la moitié de la petite table. Ses manches rejoignirent les bras nus et les bracelets de Béatrix. Elles cédèrent ensemble au besoin, qu'à jeun elles eussent nié, de pénétrer, comme par effraction, dans le milieu d'où elles étaient sorties au moyen d'éclats inutiles. Elles échangèrent des nouvelles scandaleuses, des confidences, mensongères, des médisances et des vantardises auxquelles elles ne croyaient qu'à demi, des dates, surtout des noms, qu'elles proféraient en y accolant des épithètes sanglantes... Un rinforzando de l'orchestre les arracha à leur passion :

« Ma chère ! s'écria Béatrix, mais c'est la fin, l'Apothéose de la Femme ! Où donc est passé ton jeune compagnon ?

— Au lavabo, je pense.

— Tu m'excuses ? Je ne veux pas rater Sandrini. Nous nous reverrons ?

— C'est moi qui t'en prie ! »

Restée seule, Julie vit décroître les lumières et la foule se masser vers la sortie, en déplaçant une gloire de poussière suspendue. Sur un signe qu'elle fit, un barman s'approcha :

« Ce monsieur s'excuse de n'avoir pas pu attendre ces dames. Il a tout réglé.

— Parfait », dit Julie.

Elle descendit à pied jusqu'à Saint-Augustin. La nuit fraîche épousait ses épaules sans manteau, son visage dont l'obscurité noyait les chaudes couleurs. Elle perçut brusquement sa solitude et perdit en un moment le bénéfice des heures en plein air, du bon repas, du vin abondant. « Ah ! ce petit imbécile qui n'est pas là... » L'heure de minuit étant passée depuis longtemps, elle monta par économie dans un fiacre attelé, et y déplora confusément le sort du vieux cheval condamné, l'inconséquente cupidité d'Espivant, et l'humeur taciturne du cocher qui refusa, dans le trajet du huitième au seizième arrondissement, de raconter sa vie à Julie de Carneilhan.

Baignée, le visage apprêté, elle se fût accordé une heure de repos sur le lit retapé, mais le téléphone l'appela. Elle courut toute nue, avec des injûres mâchonnées et une fausse mauvaise humeur qui changea de ton dès qu'elle eut entendu la voix de Lucie Albert.

« C'est toi, mon petit cœur ? Bonne soirée hier ? Ah ! c'est vrai, c'était samedi... Je ne m'habituerai jamais au samedi, qu'est-ce que tu veux... »

En face d'elle, dans la glace du studio, une grande femme nue la regardait. De la petite tête à bouclettes beige doré jusqu'aux pieds, elle était d'un jaune rose-thé, avec le ventre un peu ingrat et sec des femmes stériles, un joli nombril placé haut, des seins qui n'avaient démérité qu'aux yeux sévères de Julie. « Ils sont un brin plus méduses que demi-pommes, à présent », jugea-t-elle. Des « allô ! allô ! » répétés et aigus l'appelèrent, et elle s'aperçut qu'elle n'écoutait pas.

« Oui, mon petit cœur, on nous avait cou-
pées... Quoi ? Ah ! un défilé de prix de beauté...
Oui, oui, ça m'amusera beaucoup, les lauréa-
tes sont toujours d'une si extraordinaire insuffi-
sance ! Comment, le thé est compris ? Quel
faste ! Je dis : quel faste... Non, faste... Ça ne
fait rien, mon chou. Entendu, je t'attends ici
vers quatre heures. »

Elle restait debout, nue, la main sur l'appareil téléphonique, sombre devant le vide de sa
journée, pourtant pareille à la plupart de ses
autres journées. « C'est la faute de Béatrix.
Elle m'a fichu le noir avec son nez. Pour être
juste, c'est aussi que nous sommes le huit. Du
huit au quinze, le niveau moral suit celui des
finances. » Elle prit quelques attitudes avanta-
geuses, jambes jointes et bras levés, puis s'interrompit parce que le besoin de déjeuner la
mordait au creux de l'estomac. « Moi qui
déteste manger seule, je peux m'apprêter à
faire suisse jusqu'à l'arrivée du becker-
chèque... »

Le téléphone sonna de nouveau, et elle eut
un petit moment d'immobilité nerveuse, en
pensant qu'Espivant l'appelait. Mais ce n'était
que Coco Vatard, pour qui, en pure perte, elle
haussa les sourcils, dilata le nez et mit une
main sur sa hanche.

« Comment ?... Vous êtes un phénomène
d'inconscience, mon cher ! Moi, fâchée ? Mais
vous n'êtes que risible, voyons ! Vous dites ? Je

vous dispense de toute sollicitude à mon égard... D'ailleurs Béatrix avait sa voiture, elle a bien voulu me reconduire... »

Très loin, dans une atmosphère sonore où Julie entendait une machine à écrire et le rythme plus lent de quelque moteur, Coco Vatard, obstiné et sincère, tenait à s'expliquer :

« Tu ne comprends pas, laisse-moi parler, Julie ; non je n'ai pas voulu te faire une sale blague, j'avais la voiture de papa, là-bas j'ai vu qu'il était plus d'une heure, les nettoyeurs viennent à cinq heures chez nous et commencent par les bagnoles, moi je me lève à six heures trente le dimanche et la semaine, je me suis dit : « Ces deux-là, avec leurs messes basses, elles me laissent salement tomber comme si je n'existais pas ; en plus, si j'ai la chance que Julie soit gentille avec moi, je me connais, c'est un coup de cinq heures et demie du matin ; perdu pour perdu, je rentre, au moins ma journée de travail est intacte et je n'ai pas de crosses avec papa... » Julie... non, écoute, Julie, je viens te prendre, on déjeunera au Bois... Ecoute, Julie, moi j'ai tout fait pour le mieux... »

Mme de Carneilhan renonça soudain à sa dignité et au *vous* de cérémonie, éclata de rire en se toisant dans le miroir.

« Arrive, espèce d'idiot, arrive ! Je t'ai bien fait marcher, hein ? A tout de suite ! »

Elle regarda farouchement l'appareil télé-phonique, en croyant haïr l'interlocuteur auquel elle venait, sans en avoir l'air, de rendre les armes. De Becker à Coco Vatard, devant combien d'hommes s'était-elle humiliée sur un ton dominateur ?

Pour la troisième fois, elle dut répondre au téléphone, entendit une voix contenue, grin-çante, que d'abord elle ne reconnut pas.

« Ah ! dit-elle, mais c'est vous, Toni ? Vous êtes enroué ? Bonjour... Je ne reconnais pas votre voix. Tout le monde va bien ?

— Vous êtes allée rue Saint-Sabas...

— Oui. Je vous ai même entendu parler dans le jardin.

— Vous êtes allée rue Saint-Sabas..., grin-çait la voix. Vous êtes allée voir votre... voir mon beau-père. Je ne veux pas que vous alliez voir cet homme. Je vous défends de le voir. Oui, parfaitement, je vous le défends. Non, ce n'est pas à cause de ma mère. Je ne veux pas que vous le revoyiez, ni qu'il vous revoie. Oui, je vous le défends... »

Julie reposa doucement le récepteur sur sa fourche sans en entendre davantage. Elle attendit un nouvel appel, une nouvelle explo-sion de la voix cassée et troublée de larmes. « Celui-là..., pensa-t-elle, celui-là, c'est le plus embêtant. »

Elle s'habilla avec un soin machinal, remit sa tenue blanche et noire. « Qu'on ne me parle

82

pas des moins de vingt ans ! Celui-là, de quoi est-ce qu'il se mêle ? Quelle peste que les adolescents... Heureusement je ne les aime pas. Un petit baiser sur la tempe, deux gouttes de mon parfum derrière son oreille, et celui-là se croit déjà mon amant, ma parole... N'empêche, je le sens capable d'être le plus embêtant. Je pourrais en être quitte en ne revoyant Espivant que de loin en loin... » Elle lut dans le miroir qu'elle ne se rangerait pas à un parti aussi sage.

Un moment après, elle était toute à l'arrivée de Coco Vatard et à un plaisir qu'elle connaissait trop bien, l'agrément qu'elle prenait à la présence d'un homme. « L'arbre dans le désert », pensait-elle en regardant Coco. Cependant elle écoutait, d'un air de suprême moquerie, la vérité qui avait choisi de s'exprimer par la bouche aimable de Coco Vatard.

« Tu comprends, Julie... »

En parlant, il heurtait du pied la table dodécagone et il faillit renverser le pot de lobélias.

« ... moi aussi, Julie, j'ai ma dignité... »

Pour ce mot, elle lui tira les pans de sa cravate, lui ébouriffa les cheveux, le houspilla de tous côtés, à la manière des chiennes à la dent pinçante, qui feignent de jouer pour pouvoir mordre. Il ne riait que tout juste, et se défendait :

« Mon veston neuf, Julie!... J'ai horreur qu'on touche à ma cravate!... »

Négligemment elle l'embrassa, et au contact des lèvres fardées, musculeuses et froides, il se tut dans une attente religieuse. Mais Julie ne le récompensa pas plus loin et l'entraîna.

Ils se donnèrent beaucoup de peine l'un pour l'autre en déjeunant. Aux yeux de quelques hommes d'affaires soucieux, de quelques jeunes femmes promises au cinéma, d'un parlementaire qui l'avait saluée trop familièrement, Julie posait pour la femme qui s'encanaille et tutoyait Coco Vatard à voix haute. Coco Vatard jouait le petit jeune homme aimé, plongeait dans les yeux de Julie son honnête regard gris, qui se heurtait à un fond proche, à un sable bleu pailleté, glacé et sans confiance.

« A qui as-tu dit bonjour, Julie, ce type dans le coin ?

— Un député, Puylamare.

— Tu le connais beaucoup ?

— Assez pour ne pas vouloir le connaître davantage.

— Ça ne te gêne pas qu'il nous voie ensemble, alors ?

— Mon petit gars, mets-toi bien dans l'idée que ça m'est tout à fait égal. Pas seulement pour Puylamare, mais pour tous les autres.

— Tu es si gentille... »

Mais il ne semblait pas sûr qu'en lui donnant cette assurance elle fût si gentille. Près du

petit lac bourbeux, un rappel d'oiseaux sus-
pendait une centaine de sansonnets, ronds et
lourds, sifflant comme bise, aux arbres déjà
dorés.

« Qu'est-ce que tu fais, aujourd'hui, Julie ?

— Ça dépend. Quel jour sommes-nous ?

— Tu ne sais donc jamais le nom des jours,
Julie ?

— Si, chaque fois que le quinze est un
dimanche ou un samedi.

— Pourquoi ?

— Parce qu'alors je ne peux toucher ma...
ma rente que le lundi.

— Julie, dit timidement Coco Vatard, nous
sommes le neuf, tu n'aurais pas besoin d'argent ? »

Surprise, Julie se tourna vers lui. « D'habitude, ce sont les femmes qui offrent avec cette
humilité... » Elle fit « non » d'un signe de tête,
ayant choisi de ne pas parler. « Je ne parlerais
pas bien, jugea-t-elle. Ou bien je ne pourrais
pas m'empêcher de lui dire que oui, que j'ai la
semaine de Mme Sabrier à payer, que je n'ai
plus que deux cent quarante francs, que... Oh !
oui, j'ai besoin d'argent... » Accoudée à la
table, elle fustigeait doucement, d'une rose
offerte par le maître d'hôtel, la main de Coco
Vatard. Elle se sentit un peu d'amitié pour
cette main dont le pouce, déformé, avait subi la
morsure d'un engrenage, et sur laquelle la
manucure ne parvenait pas toujours à effacer

une ligne vert cru bordant un ongle, la tache acide d'une couleur à l'essai.

« Une fois, dit-elle, j'avais voulu teindre moi-même une blouse... Ah! mon petit gars, j'ai dû rester un mois sans quitter mes gants ailleurs que chez moi...

— C'est bien ça le travail de l'amateur, dit Coco. Julie, sois gentille, tu ne veux pas un peu d'argent ? »

Elle hocha de nouveau la tête. « Si j'engage la conversation là-dessus, je vais me laisser aller, dire que j'ai une crise terrible d'envie de ce qui me manque, que je voudrais des bas, des gants, un manteau de fourrure, deux tailleurs neufs, des parfums au litre et des savons à la douzaine... Il y a longtemps que je n'ai pas été comme ça. Qu'est-ce que j'ai ?... Si je ne me retiens pas, si cet ingénu m'apporte sa paie et que je me croie son obligée, la vie sera de nouveau un enfer... »

Elle se secoua, sourit, se poudra :

« Tu es un cœur. Envoie-moi un petit flacon de *Fairyland*. Et ramène-moi chez moi, il faut que je change de tailleur, j'ai rendez-vous avec Lucie. Nous allons toutes les deux nous faire une pinte de bon sang au défilé des prix de beauté, dans la salle des fêtes du *Journal*.

— Et moi ? » mendia Coco.

Julie reprit son air lointain, regarda Coco entre ses cils noircis :

« Si ça t'amuse... Si tu es libre...

86

— Comme l'air. Jusqu'à sept heures et demie seulement. C'est ce soir le dîner d'anniversaire du mariage de mes parents.

— Oui? Il y avait longtemps que je n'avais entendu parler d'eux... En route! Trois heures! C'est idiot de rester à table comme une noce. Regarde Puylamare au travail! Il était là avant nous. Et il boit de la Franciscaine. Un garçon qui n'a pas cinquante ans, il a l'air de mon grand-père! »

En traversant la salle, elle reçut, indifférente, le salut interrogatif et familier du parlementaire, qui toisa Coco Vatard.

Ils rentrèrent par le plus long chemin, et les yeux gris de Coco Vatard disaient à Julie combien il souhaitait qu'elle fût, enfin, « gentille ». D'un regard, d'un gonflement de narines, elle le lui promit, et il se mit à mener la voiture comme un chauffeur de taxi à ses débuts. Amollie, vaguement inquiète et triste d'une tristesse au fond de laquelle elle s'interdisait de descendre, Julie riait à cause de la vitesse et des virages trop courts. Elle pensait : « Il n'est pas un maladroit amant. Il a de l'instinct, de la chaleur. Moi aussi. Nous avons tout le temps avant que Lucie Albert vienne me chercher. Je ne découvrirai pas le divan, je n'ai qu'un drap à mon lit et c'est un drap retourné, avec une couture au milieu... Nous ferons ça comme sur l'herbe. »

Dans le vestibule, Julie vit à Coco Vatard la

figure même du désir, stupide, un lilas d'ecchymose sous les yeux. Elle dut l'écarter d'elle, lui dire à mi-voix : « Attends, attends », avec l'indulgence que lui inspirait un homme sain et simple, embarrassé de son impatience.

Mais l'ascenseur ne s'était pas mis en marche que la concierge accourait, passait une enveloppe entre les barreaux de la cage :

« C'est un chauffeur qui a porté ça...

— A quelle heure ? cria Julie en s'élevant dans les airs.

— L'instant même ! flûta la concierge. Il n'a rien dit ! »

Malgré la pénombre, Julie reconnaissait l'écriture d'Espivant, une écriture coupante et appuyée qui souvent crevait le papier. La main de Coco Vatard lui pressa doucement le sein.

« Laisse-moi, toi ! » dit-elle hargneusement.

Il recula autant que le permettait la cage étroite.

« Pourquoi moi ? dit-il offensé.

— Respecte au moins l'ascenseur, Coco, voyons !... »

Chez elle, elle le laissa debout, pendant qu'elle lisait la lettre. Il allait et venait dans le studio, et donnait fatalement du pied dans la table dodécagone, à laquelle il dit « pardon ». Quand il vit que Julie repliait la lettre, il osa s'informer :

« Ce n'est pas quelque chose de mauvais ?

— Non, non », dit Julie très vite.

88

Elle ajouta, lentement :

« C'est seulement un peu ennuyeux. Je ne pourrai pas aller avec vous deux au five o'clock des Prix de Beauté... Va vite ouvrir, c'est Lucie qui sonne... Elle est en avance, pour une fois... »

Coco Vatard revint, suivant Lucie.

« Julie ne peut pas venir avec nous deux au five o'clock des Prix de Beauté, répéta-t-il d'un ton morne.

— Parce que ? » demanda Lucie Albert.

A toutes fins utiles, elle ouvrit anxieux ses yeux qui avaient mérité, un an avant, le premier prix des « plus grands yeux de Paris ». Mais personne ne s'en souvenait, quoiqu'elle agrandît, au détriment de la décence et de l'harmonie, ses yeux vastes comme ceux des cavales, et comme eux envahis d'iris obscurs et sans pensée.

« Dis-moi bonjour, au moins, Julie !

— Bonjour, mon petit cœur. Tu es bien jolie jolie aujourd'hui, dit Julie machinalement.

— Mais pourquoi ne peux-tu pas venir ? Mais pourquoi m'as-tu dit que tu pouvais venir ? Mais alors qu'est-ce que je ferai si tu ne viens pas... »

« Elle est affreuse, pensait Julie. Quand elle ouvre les yeux à ce point-là, j'ai mal dans le front. Et ce petit chapeau violet... » Elle se tourna vers Coco Vatard comme pour l'appeler à son aide.

« Coco peut te dire qu'un mot que j'ai reçu bouleverse tous mes plans d'après-midi... N'est-ce pas, Coco ?

— Oui, dit Coco impassible. Julie ne vient pas avec nous, elle veut aller chez M. d'Espivant. »

Julie cligna des paupières.

« Comment ?... Mais il n'a pas été question de M. d'Espivant, que je sache ?

— Ça n'a rien à voir, dit Coco. Moi je dis que tu veux aller chez lui. Je dis aussi que non seulement ce n'est pas chic pour nous, mais encore que tu n'as pas raison. Si tu veux mon avis, tu ne devrais pas y aller. »

« Qu'est-ce qu'il dit ? Qu'est-ce qu'il dit ? Il me conseille de ne pas y aller. Il m'offre son avis. C'est comique. C'est... » Elle était devenue si rouge que le duvet de sa peau, sur ses joues et près de ses oreilles, voilait sa peau comme une gaze d'argent.

« C'est vrai, ça, dit Lucie Albert. Tu ne devrais pas y aller. D'abord qu'est-ce qu'il t'écrit, ce monsieur ? Des mensonges probablement. Pense, tout ce qu'il t'a fait...

— Oh ! elle y pense bien, dit Coco Vatard.

— Et tu sais, on s'amuserait au *Journal*. Maurice de Waleffe m'a dit que nous aurions les meilleures places, et qu'on nous garderait, de toute façon, du chocolat. Parce que, tu sais comment sont les gens quand le buffet est gratuit, c'est le chocolat qui part le premier... »

Coco Vatard fronça les sourcils.

« Qui est-ce qui parle de buffet gratuit quand je suis là ? »

Julie sortit avec peine de son silence, leva le nez et prit sa voix de tête :

« Quand vous aurez fini, je placerai un mot ? Je ne dois de comptes à aucun de vous deux. Mais je veux bien vous dire qu'il s'agit de l'état de santé de M. d'Espivant, qui est assez gravement atteint pour...

— Pour qu'il t'empile, dit Coco Vatard.

— Ça veut dire ? »

Il redevint très jeune, et contrit :

« Oh ! rien, Julie. Tu comprends, tu me fais de la peine, alors je me fais méchant. N'importe qui à ma place, Julie... »

Elle s'adoucit, sourit aux yeux gris, au nez retroussé, pensa fugitivement : « J'aurais mieux fait de lui accorder un moment de bon temps, et de me réjouir moi-même avec lui... L'heure en est passée... Ils ont sûrement raison, lui et la petite idiote. Des mensonges, probablement... » Quatre coups sonnèrent à l'horloge de l'école voisine. Julie ramassa sur la table les gants de Coco, le sac de Lucie, les leur jeta à la volée.

« Filez. En vitesse.

— Oh !... dit Lucie suffoquée.

— Et si je ne reviens pas ? » risqua Coco Vatard d'un ton de défi.

Julie le regarda de loin, la tête penchée de côté.

« Tu es un bon petit », dit-elle.

Elle se rapprocha de lui, caressa diplomatiquement sa joue fraîche :

« Et même un beau petit... un beau petit... Lucie, mon cœur, tu m'excuses ? »

Elle les poussa dehors, et mit le verrou pour se sentir plus séparée d'eux, libre de rester debout et les bras ballants, d'écouter décroître leurs pas dans l'escalier. Elle s'habilla, avec sa célérité soigneuse, et prête à partir se demanda pourquoi elle sortait. « Des mensonges probablement, comme dit Lucie, des mensonges. » Elle avait beaucoup vécu parmi des mensonges, avant de follement opter pour une petite vie sincère, étroite, où la sensualité elle-même ne se permettait que des émotions authentiques. Que de folles décisions, que de penchant pour des vérités successives... Un jour que son travesti, dans une fête, exigeait des cheveux courts, n'avait-elle pas coupé sa grande crinière alezane, qui dénouée lui couvrait les reins ? « J'aurais pu louer une perruque... J'aurais pu aussi, à la rigueur, passer ma vie avec Becker — ou avec Espivant. A ce compte-là j'aurais pu aussi rester à tourner la cruchade dans une vieille casserole, à Carneilhan... Les choses qu'on aurait pu faire, ce sont celles qui ont été impossibles. Des mensonges ? Pourquoi pas, après tout ? » Elle n'avait pas toujours maudit l'actif, le merveilleux saccage de la vérité, de la confiance. « Il s'y entend, celui qui m'a écrit ça... »

Dès qu'elle fut assise dans l'autobus, elle déplia le billet qu'elle croyait avoir lu hâtivement. Mais elle en avait retenu les mots essentiels, c'est-à-dire : « Viens donc », et « ma Youlka ».

Julie ne s'étonna pas beaucoup de trouver Herbert d'Espivant debout, et dans son cabinet de travail. « Mais pourquoi, oh! pourquoi ce veston d'appartement en velours châtaigne? » Elle ne retrouvait plus rien de l'exaltation qu'elle avait emportée dans l'autobus avec une lettre dont les plis faisaient, dans son sac, un bruit de billet de banque neuf. Elle se sentait distraite, sensible au décor, âpre à critiquer, un peu grossière, et elle commit cette faute de goût d'aller s'accouder, un instant, à la fenêtre ouverte.

« Je t'ai présenté mon ami Cousteix, n'est-ce pas?

— Mais oui », dit-elle, et elle tendit la main avec une grâce d'hôtesse au jeune homme que vieillissait une petite barbe. « Le secrétaire type pour homme d'Etat à prétentions... Gouverneur jeune pour prince adolescent... Herbert a toujours su choisir admirablement ses secrétaires. » Cousteix disparut comme une ombre, et Herbert prit Julie par les coudes pour l'amener dans la pleine lumière de la fenêtre ouverte.

« Et si on nous voit du jardin, dit-elle. Tu n'es plus intéressant, tu es guéri.

— Je croyais, dit Herbert, que tu t'intéressais surtout aux hommes valides ? Non, je ne suis pas guéri. Mais j'en ai presque l'air. N'est-ce pas ? »

Il affrontait le grand jour, s'y montrait rasé de près, les cheveux accourcis, la moustache travaillée avec art et réduite. « C'est un désastre », pensa Julie, et ses yeux se mouillèrent, non de pitié, mais du regret qu'elle vouait à son passé, à un mousquetaire infidèle, délicatement beau et qui s'était voulu martial. Le sourire d'Espivant s'éteignit ; il redevint dur, expéditif et préoccupé.

« Assieds-toi. Mets-toi bien dans la tête que je suis très seul, ici. Seul comme tout le monde. Es-tu seule, toi ? Tu ne me le dirais pas... Moi, je suis seul aux côtés d'une femme amoureuse, et malade en face d'une vie politique que j'ai abordée trop tard. D'ailleurs nous allons avoir la guerre...

— Tiens ! dit Julie.

— Ça t'étonne ? Tu lis les journaux ?

— Les illustrés, un peu. Mais je dis « tiens ! » parce qu'une voyante me l'a annoncé, que nous r'aurions la guerre.

— C'est tout ce que ça te fait ?

96

— Oui, dit Julie. J'en sais assez pour me réjouir si nous sommes vainqueurs, et pour mourir s'il y a lieu de mourir. »

Espivant la regarda avec envie.

« Mais tu ne te doutes même pas que ce serait une guerre terrible ? Plus que l'autre ? »

Elle fit un geste d'indifférence.

« Je ne raisonne pas sur la guerre. Ce n'est pas l'affaire d'une femme, de raisonner sur la guerre. »

Elle réfléchit un moment et ajouta :

« Toi, tu as cinquante ans. Et tu n'es pas — pas encore — tellement bien portant...

— Ma chère, je ne fais pas dans mes chausses, dit aigrement Herbert, et je n'ai pas besoin d'être rassuré !

— Ce n'est pas toi que je rassure, dit Julie, c'est moi. »

Espivant la regarda avec une attention extrême. Il parut la croire, lui baisa la main puis lui mit un bras sur les épaules. Elle se dégagea adroitement, en pivotant sur elle-même.

« Mobilier historique, Herbert ?

— Oui. Façon de me mettre, si j'ose dire, en Boulle.

— C'est toi le coupable ?

— J'ai eu des complices. Mais ne recommence pas à parler art décoratif, je n'ai pas le temps.

— Moi non plus. »

97

Julie le dévisagea avec une insolence voulue, car elle se sentait inférieure à elle-même, la peau sèche, un peu moins merveille que de coutume, les yeux petits, et elle voulait réagir. Espivant haussa les épaules.

« Ce n'est pas un jour pour engueulade, Youlka. Je ne suis debout que depuis deux heures.

— Mais tu n'as pas eu de crises depuis ma visite ?

— Rien qu'une. N'y pensons pas. Ma maison m'agace. Oh ! ne tends pas l'oreille vers la galerie, il n'y a personne. Sais-tu où est Marianne ?

— Non.

— Elle est allée à la recherche de son fils.

— A la recherche... Comment dis-tu ?

— De son fils. Fais-moi l'honneur de m'écouter, Youlka ! Toni a découché. Pour moi, il est chez une femme. Mais sa mère est folle d'inquiétude. En somme, dix-sept ans, c'est jeune pour découcher, surtout sans prévenir. Et puis il est trop beau. Trop particulièrement beau. Tu m'écoutes ? A quoi penses-tu ?

— A ce que tu dis. Il n'a rien laissé ?

— Si, un mot stupide à sa mère. « Je ne remettrai pas les pieds dans cette maison », ou quelque chose d'approchant. Marianne a beau jurer qu'il n'y a rien eu entre elle et cet idiot d'enfant, je n'arrive pas à la croire.

— Il a emporté de l'argent ?

— Pas beaucoup, Marianne lui en donne très peu, au compte-gouttes.

— Pourquoi ?

— Elle dit que c'est comme ça qu'on doit faire. Je refilais de temps en temps cinq louis à Toni.

— Tu es en bons termes avec ton beau-fils ?

— Très bons. Il n'est pas communicatif. Mais très doux, un peu impondérable, l'enfant le moins gênant du monde. Il a un petit appartement de deux pièces et demie, au second, eh bien, je ne l'ai pas rencontré depuis... depuis quarante-huit heures. Tu le connais ?

— Je l'ai aperçu. Tu es en bons termes avec lui, mais tu ne l'aimes pas ? Non, tu ne l'aimes pas. Mais non, tu ne l'aimes pas. Tu as assez d'une Marianne, deux c'est trop. La ressemblance entre Toni et sa mère est telle que tu dois la supporter assez mal ? Dis ? Voyons, dis-le donc ? A moi, tu peux bien le dire ?... »

Elle le poussait, en avançant sur lui, le touchait de l'index, rapprochait son visage de celui d'Espivant qui était juste à la même hauteur que le sien, plantait dans les yeux couleur de châtaigne la flèche bleue de son regard qu'elle durcissait, enfin le pressait comme autrefois lorsqu'elle voulait obtenir de lui l'aveu d'une concupiscence ou d'une infidélité. Surpris, il céda, s'arma de cynisme :

« C'est-à-dire que je m'en fous à peu près

totalement. Si encore je l'avais fait moi-même... Mais je n'ai ni l'âge ni l'âme d'un père adoptif. Ça m'embête, cette histoire, pour Marianne... Tout ce qui arrache Marianne à sa vie habituelle la rend encore plus... comment dirai-je?... Quand il nous arrive, à toi ou à moi, un embêtement, nous appelons ça un embêtement...

— Et même mieux que ça.

— Tandis que Marianne l'appelle une chose inouïe, une catastrophe inimaginable...

— C'est une sensitive.

— Non... c'est au fond une sombre. Et pourtant il ne lui est jamais rien arrivé que d'heureux.

— Herbert! Tu t'oublies! »

Ils éclatèrent de rire tous deux, et le téléphone privé les interrompit.

« Qu'est-ce qu'il y a, Cousteix? On a retrouvé l'enfant? Non?... C'est tout de même un peu fort... Non, n'y allez pas maintenant, restez ici. Prenez toutes les communications, ne me transmettez que l'urgent, qu'on me laisse tranquille. Gardez Mlle Billecoq. Qu'elle prenne en sténo ce que les radios étrangères donneront d'important. Merci. Ah! attendez, Cousteix. Passez-moi Billecoq au dictaphone pour deux ou trois broutilles... »

Pendant qu'il dictait, Julie faisait le tour de la pièce. « Nous n'étions jamais arrivés à le meubler, ce cabinet de travail, Herbert et moi.

J'avais composé un ameublement un peu à la Balzac, un mobilier immatériel écrit sur les murs. A présent c'est trop plein. Et cet immense Panini! Ces Guardi, treize à la douzaine... Et quelle installation téléphonique! C'est drôle, ces symboles de l'activité, je n'arrive jamais à croire que chez Herbert ça serve à quelque chose... »

Elle essayait de distraire son esprit d'une réalité gênante : « Toni refuse de remettre les pieds ici... Toni a disparu. Cela ne me concerne en rien... Vraiment en rien... » Puis elle se rappelait le coup de téléphone, la voix discordante et mouillée et ses menaces d'enfant. « Toni a découché. Et il a écrit qu'il ne *voulait* pas rentrer... »

Julie se promenait dans la pièce, se penchait sur un petit tableau qu'emplissait Venise, caressait avec aversion l'écaille et le bronze des Boulle, écoutait la voix d'Espivant au dictaphone :

« ... *les faits que vous avez bien voulu porter à ma connaissance n'impliquent nullement, mon cher collègue, que je doive faire état...* Vous me suivez, mademoiselle Billecoq? Arrangez-vous pour me suivre, bon Dieu... »

« Toni a découché... Il ne veut pas remettre les pieds chez son beau-père... » Elle fronça les sourcils, visa férocement le visage lointain de l'adolescent qui ressemblait à Marianne, s'écria en elle-même : « S'il pouvait au moins

101

être mort, nous serions bien débarrassés ! » et ne s'avisa pas qu'elle avait pensé « nous serions » au lieu de « je serais ».

« C'est fini, coupez le fil avec mon cabinet, Billecoq. Dites à M. Cousteix qu'il ne me passe que Mme d'Espivant, si elle téléphone. Viens, Youlka. Je m'excuse... »

Il avança pour Julie un grand fauteuil hostile et cramoisi. « Du Louis XIV vénitien, ce qu'il y a de pire au monde, jugea-t-elle. Toute la pièce pue Venise. J'ai horreur des mobiliers gouvernés par une idée. Tel que je connais Herbert, il doit être très fier de celui-ci. » Elle fit sa grimace de fauve et s'assit sur la jointe des fesses. Espivant glissa sur ses jambes, qu'elle croisa, et sur ses chaussures un coup d'œil qui la mit de bonne humeur :

« J'ai mes beaux souliers, aujourd'hui, dit-elle en riant.

— Et tes belles jambes tous les jours, repartit Herbert. Comment me trouves-tu, Youlka ?

— Dangereux. »

Il s'épanouit, se renversa dans son fauteuil.

« Voilà les mots qu'il me faut ! Il me faut, aussi, qu'aucun geste ne leur serve de commentaire, je l'avoue.

— Veux-tu m'attacher les mains ?

— Tu as tant d'autres armes... »

Il la regardait, méditatif et sans désir.

« Youlka, je voudrais aller à la campagne.

— Je te le permets.

102

— Je voudrais de l'argent.

— J'ai deux cent quarante francs.

— Qu'est-ce que tu as fait du reçu que je t'ai donné par rage et par rigolade, au moment où tu as vendu ta rivière de brillants, pendant ton instance en divorce ? Avant notre mariage ? Tu sais bien... « *Je reconnais avoir reçu de Mme Julius Becker, baronne de la variété hollandaise rose hâtive, la somme exorbitante de...* »

— Quelle mémoire !

— ... la somme exorbitante d'un million, Youlka !

— Oui. Un million qui n'a pas traîné, rendons-nous justice.

— Qu'est-ce que c'est qu'un million ?

— Il était si petit, serré dans deux élastiques...

— Il s'est mal conservé, hein ? »

Ils riaient, se frôlaient de l'épaule, se provoquaient de l'œil en toute froideur.

« Tu l'as jeté, ce papier ? Ma bonne enfant, ce texte fantaisiste constituait un reçu fort valable. Car j'avais — dans ma folie ! — mentionné que la somme était « à titre de prêt ». Et je vois encore la belle feuille sur timbre, filigranée, que j'avais sacrifiée à ce monument littéraire... »

Il lisait au fond de sa sûre mémoire, qui ne le trahissait jamais. « Camouflé en étourneau, c'est Léon qui a raison, pensait Julie. Quand

Herbert fait effort pour se souvenir, il louche un peu... »

« Tu l'avais gardée, cette feuille, dans...

— Dans une belle boîte incrustée de burgau, une boîte à chocolats, avec tes lettres — tes autres lettres d'amour. J'ai encore la boîte, si je n'ai plus la feuille sur timbre... »

Elle mentait alertement, retrouvait le ton juste et mondain des joutes d'autrefois, que crevaient des tempêtes brusques et sèches. Mais aujourd'hui qu'il parlait d'argent, Julie ne craignait que des violences diplomatiques.

« Cherche-la bien, dit-il d'une voix insinuante. Je te dois un million, Julie, te rends-tu compte ?

— Non, dit Julie sincèrement.

— Mais je m'en rends compte, moi ! Je voudrais te rendre cette somme. Pourquoi ne me la réclames-tu pas ? Parce que je ne te la rendrais pas ? Tu te trompes — pour une partie. Car Marianne déteste les dettes, surtout les miennes. Tu saisis ? »

Julie rougit si fort qu'elle n'eut pas besoin de répondre.

« Bon, n'en parlons plus. Je disais ça... »
Elle inclina la tête.

« Je comprends très bien pourquoi tu disais ça. Mais je pense que Marianne n'est pas femme à croire, sur simple affirmation... »

Herbert l'interrompit comme il avait préparé sa réponse :

« Marianne est femme à croire ce qu'elle voit », dit-il.

Il détacha son regard de Julie dès qu'il la sentit près de se rebiffer, et lui flatta l'épaule :

« Il n'y a vraiment qu'avec toi, Youlka, que j'aime les jeux dangereux. J'oubliais de te dire que les deux grands toubibs, Hattoutant et Giscard, m'ont mis le marché en main : quitter Paris et l'activité politique. La campagne. Tu me vois à la campagne ?

— Je t'y ai vu. Mais tu ne l'aimes pas.

— Je l'aimais quand j'avais quelqu'un à y aimer. »

Il sourit avec une mélancolie qui semblait sincère :

« Quand nous sortions de Carneilhan à cheval, tu avais ta grosse torsade de cheveux nouée bien serrée, en queue de percheronne. Souvent, en rentrant, tu étais moins bien coiffée... »

Elle repoussa de la main la chaleur de l'évocation :

« Laisse... Et tu ne peux pas y aller seul, à la campagne ? »

Il baissa la tête.

« On ne m'a pas déconseillé que l'activité politique. Or, à Paris, le tête-à-tête conjugal arrive à n'être plus qu'une portion très réduite des vingt-quatre heures.

— A qui le dis-tu !

— Deauville, tiens, Deauville aussi n'est pas

mal. On s'y couche tard. Mais la campagne... »

Julie réfléchissait, cachait une malencontreuse envie de rire.

« Ils l'ont dit à ta femme, que... des restrictions s'imposaient ?

— Penses-tu, je le leur ai bien défendu. Ces commissions-là, je les fais moi-même.

— Qu'est-ce qu'elle dira ?

— Oh ! rien. Elle est parfaite, tu sais. Elle fera chambre à part, loyalement. Les nuits de pleine lune et de foins embaumés, elle s'enfuira loin de moi, pas assez vite pour que son trouble m'échappe... Ne ris pas, toi, cria Espivant, ou je te fous l'encrier du Régent à la tête ! D'ailleurs, il est faux, ajouta-t-il froidement.

— Et... et le divorce ?

— Trop tôt. Je n'ai rien à moi. »

Il s'encoléra de nouveau, cria :

« Mais enfin, bon Dieu, qu'est-ce que je te demande de si extraordinaire ? L'ancien million, c'était de l'argent à Becker, qui venait des cadeaux de Becker, et tu me l'as donné, et si je ne l'avais pas accepté, j'aurais entendu une belle musique !

— Bien sûr. Mais l'argent était à moi aussi. Je pouvais le donner. Comment veux-tu que je donne celui de Marianne ?

— Oh ! nous partagerions, dit-il naïvement. Enfin... je t'en donnerais. »

106

Julie sourit malgré elle. Espivant crut qu'elle allait consentir et se hâta d'insister :

« L'argent de Marianne, il devrait être, il est à tout le monde... C'est un argent triste, mystérieux, qui a une gueule sombre et mexicaine, qui fait un bruit de métaux prisonniers sous terre... Un million, c'est une paillette de ces minerais lointains... »

Elle écoutait, frémissait, tout entière éventée par un souffle d'autrefois. Son oreille habituée distinguait la fausse colère, la gaieté inguérissable, le don de séduire par l'aveu même de l'indignité, une haine conjugale intermittente, et surtout le refus difinitif de redevenir pauvre. « Moi, pensa-t-elle, je n'ai jamais hésité à me jeter, pour fuir, dans la pauvreté. Qu'est-ce qu'il dit ? Il parle encore, encore de Marianne... »

Elle le vit s'interrompre, presser à deux mains la place approximative de son cœur :

« Ah ! je te jure bien que j'ai cru, quand j'ai reçu dans mes bras cette chair rosée comme de la cire rose, cette chevelure dont je ne voyais pas la fin, si longue et si profonde que j'en avais peur quand elle se répandait dans mon lit, j'ai cru que j'avais renversé la statue qui barre l'entrée — tu sais bien, c'est dans les *Mille et une Nuits,* Youlka —, l'entrée des souterrains où il y a la cave aux émeraudes, la cave aux rubis, la cave aux saphirs... Et comme la statue me voulait du bien, en outre, beaucoup de bien, trop de bien, j'ai vu tout ça facile, agréable, enivrant, sans fin, je me suis cru un type épatant... »

Il s'assit sur le bras du fauteuil de Youlka, s'appuya contre elle :

« Ma pauvre belle, ma pauvre, pauvre belle, je t'en dis, des choses que je ne devrais pas te dire ! Ma pauvre belle, si tu pouvais savoir à quel point je me sens fourbu de tout... A ces moments-là, je t'appelle... »

Il chavirait, en s'appuyant, le petit canotier de paille noire de Julie. Elle ne croyait à aucune de ses paroles, mais elle posa sa joue contre le veston de velours, poussée par une curiosité plus forte que toutes les autres impulsions. Herbert se fit aussitôt immobile, et Julie comprit qu'il escomptait, qu'il redoutait quelqu'une des initiatives si impérieuses et si douces, d'une saveur ensemble si cordiale et si amoureuse, qu'il les avait autrefois nommées « le style Youlka ». « Toujours ce crédit ouvert à la sensualité, pensa-t-elle, le plaisir-chantage, le plaisir-panacée, le plaisir-coup mortel, il ne connaît donc que ça ? »

A travers l'étoffe, elle perçut la palpitation d'un cœur lésé, qui dès lors domina tous les autres bruits. Elle eut soudain peur de cette arythmie, peur que les battements inégaux ne s'arrêtassent, et se redressa. Une voix qui se faisait, exprès, merveilleusement basse et précise, descendit sur elle :

108

« Tu n'étais donc pas bien, à cette place, ma Youlka ? »

Elle secoua la tête pour se dispenser de répondre, prit le bras d'Herbert :

« Ne reste pas perché sur ce bras de fauteuil !

— Oiseau sur la branche ! dit-il. A propos, Youlka, il est arrivé, l'envoi de Becker ?

— Non. Le quinze. Trois crans au jus, comme dirait Léon.

— Il est gradé, Léon, dans l'armée ?

— Capitaine. Un restant tout sec de capitaine. Pourquoi ?

— A cause de la guerre.

— Ah ! encore..., soupira Julie d'un air d'ennui.

— Encore, comme tu dis. Il a des idées au sujet de la guerre, Léon ?

— Oui. Si la guerre éclate, il solde les cochons de lait, il tue sa jument, Hirondelle, et il rejoint.

— Comment, il tue sa jument ? La pauvre bête ! Quelle brute ! Pourquoi ? »

Julie regarda Espivant avec hauteur :

« Si tu ne le comprends pas, ce n'est pas la peine que je cherche à te l'expliquer.

— Vous en avez, de la chance, vous autres Carneilhan, de ne pas voir plus loin que votre nez. »

Il chercha furtivement son image dans un miroir encadré d'écaille et de cuivre. Julie comprit qu'il pensait à son mal, et à sa vie incertaine.

« Tiens, Youlka, prends toujours ça. »

Il détacha de son poignet une gourmette de platine agrafée d'une montre, et la lui tendit.

« Ça se mange, Herbert ?

— Oui, quand on a des dents comme les tiennes. Moi, je le trouve lourd. Tout me fatigue, figure-toi. Ce bracelet appuie juste sur une veine qui bat, ou une artère. Vends-le, engage-le... Il ne me sera agréable que si tu veux qu'il soit, entre nous, une sorte de... de lien, de...

— D'acompte », dit Julie.

Il lui glissa dans la main la gourmette tiède :

« O ma pauvre belle, ne te fais donc pas plus dessalée que tu n'es ! Avec moi ça ne prend pas. Faisons, toi pour moi, moi pour toi, ce que nous pouvons. Ce sera toute notre vertu. Si j'avais de l'argent... C'est tout de même curieux que je n'aie jamais d'argent. Veux-tu emporter un Guardi pour ton petit déjeuner de demain ? Veux-tu un Panini de trois mètres sur cinq ?

— Pour le Panini, je me contenterai d'un coupon. Mais c'est à toi, tout ça ?

— Rien n'est à moi, ici. C'est une décision à laquelle je me suis rangé par prudence au moment de mon mariage. Je l'ai maintenue ensuite pas délicatesse, et je m'y tiens faute de pouvoir faire autrement. Mais... »

Il se pencha à l'oreille de Julie, fit briller le brun ardent de ses yeux, sa bouche sinueuse et bien ornée :

« Mais je peux voler », dit-il d'un air espiègle.

Julie secoua la tête.

« Tu te vantes, dit-elle. On croit ça. Qu'est-ce qu'on peut emporter, en quittant un domicile conjugal luxueux ? J'en sais quelque chose. Ça se traduit par trois malles de vêtements, des livres auxquels on ne tient pas, quelques bibelots, un collier, deux clips et trois bagues. Et une paire de boutons de manchettes qui traînaient dans une coupe, très laids, qu'on rafle pour le principe. Les tableaux, oui, les tableaux... Mais il n'y a pas bien longtemps que les gens riches ont des tableaux... »

Elle leva les yeux sur le Panini :

« Et quels tableaux ! »

Elle ouvrit la main, regarda la gourmette tiédie :

« C'est sûrement une bonne montre, dit-elle.

— Mais tu n'as qu'à garder la montre ! s'écria Espivant. Tu as deux petites tiges en platine, qui passent dans un chaînon, tu les pousses et la montre se détache de la gourmette... Passe-moi ça. C'est très bien fait. »

Ils s'assirent tous deux, penchés sur le bracelet. Une barre de soleil faisait, de la nuque de Julie, un fût solide et argenté. Autour d'une petite tonsure soigneusement recouverte,

111

les cheveux trop fins d'Herbert bouclaient comme des cheveux de femme. Tous deux, perdant leur âge, s'amusaient comme des enfants occupés d'un jouet mécanique.

« Epatant ! dit Julie. Dis donc, tu sais comment ça s'appelle, ce genre de gros chaînons un peu carrés ? De la chaîne de forçat.

— Ça, dit Espivant, je le replacerai.

— A qui ?

— A Marianne, donc. Quand elle aura retrouvé son poussin. Tiens, la voilà. Imbécile, dit-il en riant, c'est elle, ce petit grelot de bois qui sonne sous mon bureau... Allô ! Cousteix ? Vite, passez-la-moi. Allô ! Chérie... Enfin ! Où êtes-vous ? Où ça ? Mais c'est au diable ! Je vous entends très mal, oh ! très mal... »

Julie avait reculé au fond de la pièce, et le regardait mimer l'amour et l'inquiétude, interroger en haussant les sourcils, mettre sa bouche en cœur, avancer le menton en soulignant « *très* mal » d'un accent plaintif. « Un autre croulerait sous le ridicule, pensait-elle. Lui, il s'en tire. C'est un premier rôle... »

« Retrouvé ? Vivant ? Ah !... Mais pourquoi ta voix est-elle si brisée, ma Rose Noire ? »

Il jeta à Julie, par-dessus le téléphone, un petit baiser gai, du bout des doigts. « Tout le mauvais goût, toute la muflerie d'un premier rôle. S'il croit me faire plaisir... » Le masque de mousquetaire caressant se figea sous ses yeux, et la séduisante voix buta sur les mots :

112

« Avec du... du quoi ? Du véronal ? Mais il est... il est hors de danger ? Ah ! l'imbécile d'enfant... L'hôpital de Neuilly ? Bon, j'ai compris, mais ce n'est fichtre pas votre faute. Tâchez de vous expliquer clairement, bon Dieu... Je vous demande pardon, chérie, mais vous concevez que votre émotion et la mienne ne contribuent pas à simplifier... »

Il se tut et écouta longtemps sans interrompre. Sa main libre traçait au crayon sur un buvard des petits lapins dessinés d'un seul trait, que l'œil perçant de Julie dénombrait machinalement. Mais à partir du mot « véronal » elle cessa de compter, et attendit quelque chose d'ignoré, qui la menaçait vaguement. Elle aspira l'air avec force et se sentit prête à ce qui devait venir. « Quand il ne dessinera plus de petits lapins, ce sera le moment... » Il cessa de dessiner, jeta le crayon et leva les yeux sur Julie.

« Bon, bon... Le reste n'a pas une extrême importance, vous me le direz ici, téléphona-t-il. Demain, tout ça ne sera qu'un mauvais rêve, pour vous et pour lui... Bien entendu, vous le laissez là-bas. C'est la sagesse même. Prenez... Prends ton temps, chérie, l'urgent pour moi était de savoir où tu es... Moi aussi, chérie, moi aussi... »

Il posa le récepteur sans quitter Julie du regard et alluma une cigarette.

113

« Dis donc, Youlka, dit-il enfin, il te les faut jeunes. »

Comme elle ne répondait pas, il dut continuer.

« Pour ce qui te resterait obscur, je veux bien te dire que Toni a été retrouvé inanimé, à l'hôtel Continental. On a découvert à côté de lui une photo de toi. Plus, une lettre du petit disant qu'il se donnait la mort volontairement, et un mot de toi, décommandant un rendez-vous. Voilà. Qu'est-ce que tu as à dire de ça ?

— Rien », dit Julie.

Il se leva avec violence.

« Comment, rien ?

— Ah ! si, pardon. J'ai à te demander si tu aurais préféré que le mot de moi fût pour accepter le rendez-vous au lieu de le refuser. Je ne l'ai pas *décommandé,* je l'ai *refusé.* »

Elle se sentait au meilleur moment d'un état dont la solitude morale l'avait, depuis un long temps, dépossédée, et réintégrait un milieu où se goûtent des plaisirs vifs et simples, où la femme, objet de la rivalité des hommes, porte aisément leur soupçon, entend leurs injures, succombe sous divers assauts et leur tient tête avec outrecuidance. Ses muscles de cavalière bougeaient dans ses cuisses, et elle pouvait compter sous sa gorge les battements actifs et pleins de son cœur.

« Il ne sait pas quoi dire, ni quoi faire, pensait-elle. Ils ne savent presque jamais ce

114

qu'il faut dire, ou faire, d'ailleurs. Mais pourquoi celui-ci a-t-il l'air si vexé ? »

Sa jubilation la troublait. En outre, quelques
Julies de Carneilhan d'autrefois tentaient de
l'aveugler sur le moment présent. L'une échap-
pait au brave Becker pour se jeter en travers
d'un officier pauvre et beau, que faillit écraser
une si magnifique catastrophe. Une Julie, nue
et dorée, frissonnait de froid et d'attente entre
deux hommes qui hésitaient à en venir aux
mains et finalement y renoncèrent... Une cré-
dule Julie, matée par sa passion pour Espivant,
puis trahie, désolée, consolée... C'étaient des
Julies à la hauteur de tous les drames pourvu
qu'ils fussent d'amour, des Julies qui ne pre-
naient leur prix, ne devenaient subtiles, bonnes, féroces, stoïques, qu'en raison de l'amour,
d'un loyal appétit de l'amour, de ce qu'il
engendre de chasteté facile, de ce qu'il impose
de commerce charnel...

« Et... de quand date cette histoire, si je ne
suis pas indiscret ? »

Elle attachait sur Espivant un regard bleu
tenace, débordant d'un esprit de jeu et de défi :
« Il se décide ? Ça n'avance pas vite, un
homme... »

« Tu serais extrêmement indiscret en effet
s'il y avait une histoire. Mais il n'y a pas
d'histoire.

— A d'autres !

— Le petit Hortiz a voulu faire comme

115

beau-papa... Oui, tu n'aimes pas ce nom-là. J'ai trouvé ça assez piquant. Qu'il soit amoureux de moi, c'est de son âge, et du mien. L'histoire comme tu dis en était là. C'est toi qui viens de m'apprendre la suite. Un peu plus, c'était la fin.

— Je te conseille de plaisanter !

— Je n'ai jamais eu besoin de tes conseils pour m'égayer. Personne n'est mort dans l'affaire, il me semble ? Et qui est-ce qui ne s'est pas plus ou moins suicidé entre quinze et vingt ans ? »

Elle s'avança vers le bureau, enleva d'un vase une cigarette comme elle eût retiré une flèche d'un carquois.

« Du feu, Espivant, je te prie. »

Il lui tendit son briquet sans mot dire. Elle avait le sang aux joues, son port de tête et ses épaules de figure de proue, les lèvres un peu tremblantes. Elle s'environna de fumée et reprit :

« Un gamin qui n'a pas dix-huit ans... Une manière de petit Borgia délicat... C'est entendu, il est beau. Mais pfff... tu sais pourtant, à moins que tu ne l'aies oublié, ce que je pense de ces beautés genre statuette italienne... Il doit avoir le bout des tétons lilas, et un petit sexe triste...

— Assez ! dit Espivant.

— Assez de quoi ? demanda Julie avec innocence.

116

— Assez de toutes ces... toutes ces saletés.

— Mais quelles saletés, Herbert ? Comment, je me tue à dire la vérité, je me défends de détourner des garçonnets, que d'ailleurs j'ai en sainte abomination... Je n'aime pas le veau, je n'aime pas l'agneau, ni le chevreau, je n'aime pas l'adolescent. Si quelqu'un connaît les goûts que j'ai en amour, ce quelqu'un n'est pas si loin, je pense ? »

Elle brûlait de passer les limites, d'entendre des paroles injurieuses et des portes claquantes, de dégager, en les tordant, ses poignets qu'eussent serrés des mains familières ou inconnues, de mesurer sa force contre une autre force, voluptueuse ou non... Mais elle vit qu'Espivant se contenait, respirait péniblement, et elle eut un mouvement généreux.

« Empêche-moi donc de te faire mal, Herbert ! Nous sommes là avec ce fétu entre nous... Il ne vaut pas tant d'honneur !... Tu n'es pas fâché, au moins ?

— Si, dit Herbert.

— Fâché-fâché, ou simplement fâché ? »

Il répondit d'un signe, sans la regarder en face.

« C'est sérieux ? Mais enfin, Herbert, pourquoi ? »

Espivant restait debout, les yeux bas. Julie vit qu'il froissait de la main, sous son veston, la place de son cœur. Elle lui poussa une chaise

117

au creux des genoux assez rudement pour qu'il trébuchât et s'assît par surprise.

« Herbert, veux-tu me dire où sont mes torts dans cette ridicule affaire ? Je ne vois vraiment pas...

— Laisse-moi ! cria-t-il à voix basse. Moi non plus, je ne vois pas ! Mais je ne tolère pas qu'ici, que devant moi, que t'adressant à moi, tu parles d'une créature masculine comme si tu pouvais délibérer d'en disposer, ou de n'en pas disposer ! Dehors, tu fais ce que tu veux, c'est entendu ! Tu es libre et je suis marié, c'est encore entendu ! Mais ta liberté ne va pas jusqu'à venir sous mon nez supputer les avantages du petit Hortiz... »

Comme Julie haussait les épaules, il frappa du poing sur le bureau :

« Du petit Hortiz ou de n'importe qui ! Tu es le pré que j'ai tondu, que j'ai foulé ! Mais je te garantis que si d'autres en ont fait autant après moi, tu ne viendras pas ici me mettre sous le nez les marques qu'ils t'ont laissées ! »

Il la regardait de bas en haut, en tâchant de discipliner son souffle, et avec une crainte croissante Julie l'admirait. Elle écoutait en elle grandir le danger qu'elle ne consentirait pas à fuir. Mais Espivant fit un geste d'accablement, et dit seulement :

« Va-t'en.

— Comment, va-t'en ?

— Comme je le dis. Va-t'en. »

Elle pivota sur ses talons, sortit et claqua la porte derrière elle. Dans le jardin, des inconnus la dévisagèrent, mais elle ne les vit même pas.

Elle se baigna dans la rue chaude, s'y ressaisit, traita Espivant de goujat et d'imbécile. Mais profondément elle ressassait les paroles injurieuses, éprouvait leur son prometteur. Un orage, au sud, pesait sur la ville. Paris l'attendait prostré, tous concierges dehors sur les trottoirs arrosés et fumants. « Par un temps comme ça, ricana Julie, Marianne s'en paie de sentir la rousse ! » Car elle savait que l'étrange chevelure pourprée de Mme d'Espivant ne devait rien aux teintures.

De temps en temps, elle accordait une pensée, un : « pauvre gosse ! » sans conviction à Toni Hortiz, imaginait froidement le corps couché, délié, la beauté inanimée d'un enfant qui avait voulu dormir à jamais. « C'était son droit. Mais c'était idiot. Heureusement qu'à cet âge-là on est aussi maladroit à mourir qu'à vivre. Il fait chaud. Une rivière froide pour nager, voilà ce qu'il me faudrait... » Elle s'aperçut que son sac lui pesait au bout du bras : « C'est vrai, la gourmette... Je la garde. Demain matin, je la vends. »

Elle se fit conduire au *Journal*. Sous des gouttes de pluie espacées, larges comme des pétales, la curiosité due aux Prix de Beauté engorgeait la rue. Dans sa joie de revoir Julie, Lucie Albert lui fit des signaux de naufragée,

119

auxquels elle répondit froidement. Mais elle était résolue à s'amuser beaucoup. Elles s'assirent côte à côte au centre le plus insupportable de la chaleur. Sans pitié pour les « misses » épuisées, Julie les toisait d'un regard en coup de fouet qui les cinglait des cheveux aux talons, notait les boucles amollies, l'attache des poignets et des chevilles, une omoplate versée en avant, un semis rouge de « graine de radis » en haut des bras jeunes, et la robe venue d'une capitale étrangère. Son festin de cannibale ne prit fin que lorsqu'elle vit Lucie Albert près de la syncope ou de la nausée.

L'orage, allégé d'une averse, avait passé sans grande pluie et se soulevait sur un couchant jaune clair, en entrebâillant des lèvres de feu.

« Viens, mon petit cœur, je t'invite à dîner », dit Julie.

La jeune fille leva sur elle ses yeux démesurés, déshabitués du jour.

« Oh ! non, Julie, j'ai mal au cœur... Et puis ça coûte trop cher.

— Viens donc, je suis riche. On dansera après, pour se rafraîchir.

— Et Coco Vatard ? suggéra Lucie Albert. Tu ne sais pas, ce pauvre Coco Vatard, ce qu'il m'a dit, quand nous avons été dans l'escalier ?

— Non, dit Julie. Pas de Coco aujourd'hui. Assez. »

Elle avait sa grimace des narines, la joue

chaude sous le duvet d'argent, l'œil bleu
assombri et agressif. Du bout du doigt, elle
égalisa sur ses paupières le fard bleuâtre,
devant la glace d'un magasin.

Place du Tertre, elle nourrit sa petite ilote,
l'abreuva de vin d'Asti. Elle-même ne but que
de l'eau glacée, et du café.

« Mais tu ne manges pas, Julie, qu'est-ce
que tu as ? Julie, tu ne dis rien, tu as eu des
raisons avec ce monsieur, cet après-midi ?

— Mais non, mon cœur, il a été très gentil.
Quand je n'ai pas faim, je ne mange pas, voilà
tout. »

Elle écoutait vaguement le puéril et murmurant langage d'une petite vie tour à tour
sombre et gaie, d'une solitude qui se fût
suspendue et docilement soumise à la sienne,
pour peu qu'elle l'eût souffert. Mais elle n'était
pas en chemin de le souffrir, et elle avait
toujours méprisé l'assistance que la femme
peut donner à une femme.

« L'autre nuit, disait Lucie Albert, voilà
qu'un client paie avec un billet de mille francs,
et Gaston me l'apporte à la caisse. C'était trois
heures du matin à peu près. Un billet neuf,
mais je ne le trouvais pas assez doux aux
doigts. Je ne voulais pas en faire une histoire,
mais... »

Julie respirait la nuit de Paris, nuit de plein
air et de dépense modique, réservée à ceux qui
refusaient de s'enfermer. Une étoile filante

121

raya brièvement le haut du ciel, vite perdue
dans le banc de vapeurs qui pesait sur Paris.

« Tu es sûre qu'il n'est pas plus de dix
heures, Julie ? Il faut que je sois à la boîte à dix
heures quarante-cinq, tu sais bien... »

Elles dansèrent quelques minutes, au son de
l'accordéon. Mais Julie, qui rêvait violences et
mêlées, languissait de ne conduire, de n'étrein-
dre qu'une partenaire ployante et fragile.

« Tu as l'air bien en bataille, ce soir, Julie...
A qui en as-tu ?

— Je me le demande, dit Julie. Viens, je te
dépose à ta boîte en taxi. »

Julie rentra chez elle, quoiqu'il fût à peine
onze heures. Un petit café familial à côté de sa
maison lui fournit une demi-bouteille d'eau,
qu'elle but d'un trait à la terrasse déserte, sous
un marronnier roussi. Les derniers passants se
retournaient sur la femme blonde, qui fumait
seule et les jambes croisées, le visage dans
l'ombre, un reflet d'argent sur sa nuque et sur
ses bas de soie, et elle se laissait regarder sans
déplaisir. Sa soirée, à demi consumée, ne lui
faisait plus peur.

Elle prit le temps de se dévêtir, d'établir un
courant d'air entre le studio et la cuisine, avant
d'aller droit à un petit coffre fleuri de nacre,
caché dans la penderie, et qui n'avait pas de
serrure. Elle délia un paquet de lettres, choisit
une feuille timbrée à soixante centimes et la

122

relut : « *Je reconnais avoir reçu, à titre de prêt, de Mᵐᵉ Julius Becker...* » Elle la replia aussitôt, et remit le tout en ordre.

Elle déposa pêle-mêle, sur la table de chevet, les cent quarante francs qui lui restaient et la gourmette de platine. Puis elle endossa son peignoir de bain mal séché et s'assit pour dresser une liste : « *Deux tailleurs. Quatre blouses. Deux pull-overs très jolis. Un manteau long. Une robe d'après-midi. Bas, gants, chaussures, chapeaux (deux seulement). Lingerie. Un imperméable très chic.* » Gravement, elle emporta la gourmette pour la peser sur les balances de la cuisine ; mais elle ne trouva pas les poids. Couchée, elle écoutait le vent raser les feuilles de zinc de la toiture. Elle ralluma sa lampe de chevet, reprit sa liste. A côté de *Lingerie* elle écrivit : « Pour faire plaisir à qui ? », biffa le mot et se recoucha.

biffer – to cross out

Les jours qui suivirent mesurèrent à Julie des doses égales de déceptions et de griserie. Chez un couturier, elle retrouva une vendeuse âgée et mutine, qui gardait en sa mémoire des chroniques au vitriol, une flamme d'étoupe rousse sur son front, et qui fumait dans les cabinets. Mais la vendeuse commit la maladresse de dire à Julie : « Ah ! de notre temps, comtesse... » et Julie dilapida, dans une autre maison de couture, huit mille francs sur dix.

« Mais qu'est-ce que tu fais qu'on ne se voit plus ? gémissait Lucie Albert dans le téléphone.

— Je travaille, répondait Julie d'un ton important. Viens si tu veux, je t'apprendrai à tricoter des gants sport lavables. »

Ses goûts d'essayiste lui revenaient, et son adresse manuelle. Elle dora une paire de mules, essaya une recette de vernis Martin sur une boîte à biscottes qui ressembla à un gros caramel. Enfin, elle tricota des gants et une écharpe en ficelle rose très fine, et Lucie Albert l'admirait. Mais les grands yeux nocturnes de la petite pianiste-comptable s'ensommeillaient à suivre les aiguilles, et elle ne savait goûter le repos qu'assise dans un bar ou une terrasse de café.

« Des gants lavables, j'en sais des épatants rue Fontaine, disait-elle. Même des bleu vierge, qu'il y en a.

— En tricot mécanique, repartait Julie.

— Oui, et puis ? C'est aussi bien. »

Toute neuve, fringante, égoïste, grise et noire et gantée, cravatée de rose, Julie sortit un matin à onze heures par un soleil jaune de fin d'août, et s'arrêta devant un miroir de boutique. « Ça a encore de la gueule, une femme comme ça, quand c'est bien habillé. Le petit feutre à plume de ramier est une simple merveille. Il ne manque à ce costume-là qu'un homme gris foncé... Mais c'est un accessoire cher. »

Elle s'étonna qu'une garde-robe nouvelle lui donnât de la mélancolie, et la soif d'autres luxes. Il lui arrivait, distraite au bord d'un trottoir, d'attendre, non pas une voiture mais *la* voiture, sa voiture. Elle chercha dans son lit, mal éveillée, la fraîcheur d'un corps endormi hors des draps rejetés. Sur son annulaire, elle tâtait la trace d'une bague. Puis elle se souvenait qu'elle avait avec fougue et déraison perdu le dormeur aux genoux froids, perdu la voiture, l'ennuyeux et bel appartement, la bague et la

126

trace de la bague... Tout ce qu'elle avait effrité lui redevint sensible, et elle ouvrit ses belles narines au souvenir de l'odeur tonique qu'exhalaient, s'échauffant l'une à l'autre, une jument rouge cuivre qu'elle montait et sa selle en cuir de Russie. « Une selle en cuir de Russie ! Ce que j'étais rasta... Une selle qui avait coûté... Dieu sait combien ! La jument aussi. Après la jument, j'ai eu la petite auto. J'ai eu la mère Encelade à la place de mes cousines Carneilhan-Rocquencourt et de ma belle-sœur Espivant, et Coco Vatard au lieu de Puylamare... Celui qui viendrait me dire en face que je n'ai pas gagné au change, je le recevrais mal... » Mais elle n'avait encore rencontré que Julie de Carneilhan qui lui reprochât le niveau social de Mme Encelade experte à masser, détatouer et enfiler les colliers de perles, la jeunesse sentencieuse de Coco Vatard et la vide limpidité de Lucie Albert.

Un peu plus tard, elle se crut malade. Mais elle était sans expérience de l'état de maladie, et elle supposa qu'il s'agissait de retour d'âge. « Déjà ? Moi qui pour un peu me croirais encore à l'aller... », pensa-t-elle. Interrogé, son corps ne lui fournit ni enseignement ni blâme. Tous les jours elle pensait à Espivant, à Marianne, au petit Toni, et se disait de bonne foi : « C'est curieux ce que je pense peu à ces gens-là. »

Coco Vatard bénéficia de la crise de démocratie superficielle. Rappelé, amnistié, il admira chapeaux et robes, bas couleur de bronze tendus sur des jambes à petits muscles bien placés. En signe de mansuétude, Julie fut enfin « gentille » avec lui, par un après-midi silencieux, dans la demi-obscurité du studio. Mais il n'eut pas licence d'exprimer, au long récif blond couché près de lui et vaguement lumineux, sa gratitude totale. Dès son premier mot, le feu d'une cigarette rougeoya dans l'ombre, et la voix assourdie de Julie dit seulement :

« Non. Je n'aime pas qu'on *en* parle, après. »

Il n'échappa pas à Julie qu'effusion mise à part Coco Vatard s'assombrissait. Elle voulut un jour le faire rire en lui contant qu'elle avait vendu, pour s'habiller de neuf, un bracelet-montre. Mais il ne rit pas.

« Oh ! je pense bien que tu as fait encore quelque bêtise. Tu ne me consultes jamais. Ce bracelet, que je ne t'ai d'ailleurs jamais vu, il peut te faire besoin. Tu aurais dû ne le vendre que s'il y a la guerre. Moi parti, Dieu sait ce qui t'arrivera.

— Tu penses beaucoup à la guerre, Coco.

— Julie, j'ai vingt-huit ans. »

Ils achevaient de déjeuner au Bois. Julie se poudra, rehaussa de rouge une bouche dont l'intérieur était du même rose que la cravate et les gants de cordonnet rose. La mélancolie lisible dans les yeux bien ouverts de Coco n'inquiétait pas Julie, elle savait que l'amour s'exprime rarement par la gaieté.

« Je rejoins dans l'infanterie, mais je trouverai bien à passer dans une unité motorisée... »

Parce qu'il parlait de lui-même et d'une guerre future, elle l'interrompit sans ménagement :

« A propos, Coco, je suis fâchée avec M. d'Espivant, tu sais ?

— Oh ! dit Coco, je n'aime pas ça. »

Elle lui rit au nez, ouvrit sa jaquette pour montrer sa blouse filetée de rose et de gris, et ses seins sous la blouse :

« Tu me vois désolée de te contrarier. Est-ce qu'on peut savoir pourquoi tu tiens tant, tout d'un coup, à ce que mes relations avec M. d'Espivant soient sous le sceau de la cordialité ?

— C'est simple, dit Coco. Pour que tu sois, comme tu dis, fâchée avec ce monsieur, il faut donc qu'il y ait eu entre vous quelque chose d'assez... d'assez brusqué.

— Admettons.

— Quelque chose de brusqué, ça ne peut venir que de quelque chose d'intime. Alors, je me demande... Tu vas encore m'attraper.

— Tu te demandes ?... »

Coco ne détourna pas ses yeux fouillés par la pointe bleue d'un regard sans amour.

« Je me demande ce que vous pouviez bien avoir à tripoter de si intime dans votre passé,

129

ou votre présent, pour que votre conversation ait tourné au vilain. Se fâcher avec un homme si « gravement atteint », comme tu disais, tu n'as donc pas eu peur que ça lui fiche le coup final ? »

Elle se garda de répondre. Elle n'éprouvait que le désir de se trouver ailleurs, et loin de lui. Plutôt recommencer trois années, les plus récentes ! Trois années minutieusement dévastatrices, chaque heure aggravant le travail de l'heure précédente, chaque mois obtenant un consentement plus facile que le mois précédent à une vie que la légèreté et l'orgueil ensemble se refusaient à appeler vaine, à laquelle la solidité du corps, pareille à l'optimisme des enfants vigoureux, donnait seule du prix... Mois chanceux, attente besogneuse... Tout cela n'arrivait-il, dans la vie d'une femme, qu'en vertu de certaines infractions, de désobéissances, de manquements particuliers, la rupture d'un compagnonnage avec un homme, le choix d'un autre homme, puis le fait d'être choisie par un autre homme encore ?... La longue suite des soins ménagers, des travaux d'aiguille, des jupes retournées — « Ma chère, je vous jure qu'elle est mieux qu'à l'endroit ! » — des ingéniosités dont on se fait autant de petits triomphes, ne sont donc pas les fruits du hasard, mais ceux d'une décision ennemie, à peu près fatale ? Elle pensa sans gratitude aux aumônes bénévoles du brave Becker. Elle évoqua de petites fêtes de la chair, vivement conduites, vivement oubliées, moments exaspérés d'où montait vers Julie une mâle voix brisée... « Mais ce n'est pas leur vraie voix, c'est la voix d'un instant... » Trois, quatre années de dînettes improvisées sur une table à jeu — « C'est ravissant, ces radis à la moutarde ! Cette Julie, elle a des idées comme personne ! » — et de restaurants où l'on se rend la bouche bien fardée, le teint éclatant, avec un sourire de fausse myope et de vraie femme du monde — champagne et caviar, ou bien portugaises et pâté de foie de porc... Quarante, quarante-deux, quarante-cinq ans... « Qui est-ce ? — C'est la belle Mme de Carneilhan, ça ne vous dit rien, ce nom-là ?... »

Le vent retroussa les coins de la nappe ; il apportait la nouvelle que le ciel se chargeait de pluie, et que les fonds du Lac Inférieur n'étaient que vase...

« Tu n'es pas souffrante, Julie ? »

Elle fit signe que non, sourit avec patience. « Non, répondit-elle en elle-même, j'attends seulement que tu ne sois plus là. Car tu es ce que je n'ai jamais rencontré, ce que je ne saurais supporter plus longtemps : un homme clairvoyant. Tu lis à travers moi dans un autre homme, que tu traites en ennemi. On croirait vraiment que pour toi Herbert est sans secrets. Tu le détestes, tu le comprends. Quand je pense à Espivant, tu me demandes si je suis malade. Quel conseiller tu serais pour moi, du haut de tes vingt-huit ans ! Un petit conseiller intègre, une de ces merveilles de la roture, comme le hasard en mettait quelquefois près des reines... Mais ces garces de reines couchent avec la merveille, et en font un duc de fantaisie, un amant aigri et un homme d'Etat raté. Avec toi, je ne ferais jamais de « bêtises », comme tu dis si gentiment... »

Elle vida son verre de fine d'une lampée. C'était pourtant une très vieille eau-de-vie qui méritait réflexion, une fine adoucie et coulante...

« Eh hop ! dit Julie en reposant son verre.
— Bravo ! » dit Coco Vatard.

« S'il savait à quoi il applaudit... Jamais de bêtises, autant dire que je ne servirais plus à personne, ni à moi-même. Il me retiendrait de me ruiner, d'être dupe. Se ruiner, on le peut toujours une fois de plus, même quand on n'a rien. Les aigrefins, il les dépiste de loin. Et il est scrupuleux. Ce n'est pas Coco Vatard qui essaierait de changer un reçu plein d'humour en pièce comptable. Le hasard a mis entre lui et moi, heureusement, une bonne dix-septaine d'années, pour ne parler que de cette distance-là... »

« La fine te fait briller les yeux, Julie. Ils sont d'un bleu... un bleu terrible, dit Coco à mi-voix. Tu ne me dis rien. Parle-moi avec tes yeux, au moins ? »

Elle alanguit, en fermant à moitié ses paupières, le bleu qu'il disait terrible.

« Clairvoyant, clairvoyant petit gars... Type infréquentable... »

« C'est le bleu Carneilhan. Mon père nous faisait assez peur, quand nous étions petits, avec ce bleu-là. Et puis, mon frère et moi nous avons découvert que nous en avions hérité. Léon soutient que ce bleu-là dompte les chevaux.

— Ah oui ? dit Coco, sarcastique. Et les cochons, avec quelle couleur est-ce qu'il les dresse ? »

Julie ne sourcilla pas, car le sort de Coco était décidé. « Infréquentable. Tout ce qui me ressemble, il le suspecte. J'espère que bientôt il me détestera aussi. »

« Tu aimerais bien que je n'aie pas de famille, n'est-ce pas, Coco ?

— Je ne souhaite la mort de personne », dit Coco.

Elle le regardait avec des yeux prudents, sachant que chez un homme la profonde défiance naît d'une possession récente.

« Tu me ramènes, mon petit gars ? Je suis un peu pressée aujourd'hui. »

Son compagnon eut le tort de laisser voir son étonnement, qu'elle porta au compte de l'espionnage occulte. L'été fatigué qui entourait leur déjeuner fut pénible à sa peau altérée d'humidité saline, privée du vent qui, autour de Carneilhan, rebroussait les trembles et dispersait la balle du blé battu. L'odeur d'un melon béant, sur une déserte, gâta soudain celle du café.

« Il m'espionne. Il recense l'emploi de mes heures et de mes jours. Il sait que je n'ai rien à faire, à part ces savonnages, ces ravaudages qui le rassurent, et qu'il admire. Il sait qu'Espivant est en ce moment mon fruit défendu. Le savais-je moi-même ? »

Elle se mit à coqueter comme une coupable, jeta des miettes aux passereaux, se récria devant un rouge barrage de géraniums. En regagnant la voiture, elle ramassa sur l'allée une petite plume de mésange dont le bout était touché d'azur, et la passa dans la boutonnière de Coco.

« On ne doit pas donner de plumes, dit-il, ni d'oiseaux. Ce n'est pas bon pour l'amitié.

— Eh bien, jette-la. »

Il posa sa main à plat sur la petite plume, pour la défendre :

« Non, dit-il. Ce qui est donné est donné. »

Mais elle lui mit un bras sur les épaules et, tout en marchant, atteignit et cueillit, de ses doigts retombants, la plume de mésange qu'elle abandonna au vent orageux. Elle se détourna du regard qui la remerciait : « Je sais, je sais... Tu m'es humblement reconnaissant. Mais tu ne serais pas longtemps humble... C'est mon dernier mouvement en ta

134

faveur », pensait-elle tout en chantonnant. Elle chantonnait encore dans la voiture, pour qu'il n'osât pas parler.

« Laisse-moi là, Coco, devant la pharmacie, j'ai quelque chose à y prendre ! »

Elle sauta vivement à terre, avant l'arrêt de l'auto. Surpris, Coco Vatard donna de la roue contre le trottoir.

« Tu conduis comme un pied, ces temps-ci, mon petit gars.

— C'est vrai », reconnut Coco.

Il descendit, toucha du doigt une éraflure de la jante.

« Je t'attends, Julie, dépêche-toi.

— Non, non ! cria-t-elle. Je suis à ma porte, voyons ! »

Mais au même moment l'averse bleuit le trottoir, et Julie courut, acheta n'importe quel savon dentifrice, revint à la voiture, se laissa mener chez elle. Il lui semblait entendre résonner dans tout son corps le bourdonnement d'une terrible intolérance, et déjà elle ne supportait plus que Coco Vatard approchât de son gîte, stationnât à son seuil.

« Ce soir..., commença Coco.

— Ce soir, dit Julie, j'ai mon frère. »

Coco leva les sourcils, agrandit les yeux.

« Ton frère ?

— Mon frère. Ne cherche pas lequel, je n'en ai qu'un. Nous dînons ensemble. »

Et mimétiquement elle avançait le bas de

135

son visage, ravalait ses joues, abritait ses yeux sous des sourcils aussi jaunes, sous le crayon brun, que la fleur de saule, attachait sur ses traits un masque enlaidi et spécifiquement Carneilhan, comme elle eût lâché les chiens pour effrayer l'intrus.

« Bon, dit Coco. Ce n'est pas la peine de me faire une figure pareille. Alors on se téléphone. Attends une minute, Julie ! Tu vas gâter ton joli costume ! »

Mais elle ouvrit la portière et traversa le trottoir sous les fouets de la pluie tiède. Derrière la seconde porte du vestibule, elle se cacha, ne monta dans l'ascenseur qu'après avoir vu démarrer l'automobile. Des larmes et des gouttes de pluie roulaient sur ses joues, et détendaient sa crise d'intolérance presque convulsive.

Elle laissa entrer dans le studio les derniers traits obliques de l'averse ; un bleu pur se levait à l'ouest et promettait l'éclaircie. Julie prit soin de ses vêtements humides avant de téléphoner à Léon de Carneilhan. Pendant qu'elle l'attendait à l'appareil, des bruits connus percèrent le murmurant espace vide, un hennissement aigu, puis le son de cloche grave d'un seau de bois posé sur le pavé. Elle vit la cour, sur laquelle ouvraient les écuries, l'affreux petit bureau du rez-de-chaussée, une chambre au premier étage. La vie de Léon de Carneilhan, célibataire, tenait là, et Julie n'en savait guère

136

plus. Elle soupçonnait son frère d'aimer les aventures de chemins creux et de lavoirs villageois, par gros appétit, par morgue d'homme sans fortune. Leur fraternité particulière fuyait les confidences ; « trop parents pour être amis », disait Julie. Mais cadette par l'âge et la force, quelque chose au fond d'elle respectait en Léon de Carneilhan l'homme capable de vivre seul.

Le soir, au premier coup d'œil, elle lui trouva le museau long, la joue creuse et tannée, et ne lui en dit rien. Mais elle lui demanda des nouvelles de la jument Hirondelle. Carneilhan baissa les yeux.

« J'ai changé d'idées, dit-il. Je ne pense pas que nous évitions longtemps la guerre, mais j'ai décidé de mener Hirondelle à Carneilhan. Elle a bien le droit de finir sa vie, après tout. Elle a dix-neuf ans, et elle est encore une beauté. »

Julie s'arrêta de battre une vinaigrette.

« Tu la mènes ? Toi-même ?

— Oui. Gayant mènera La Grosse, avec Tullia en main. C'est tout ce qui me reste. J'ai vendu. Je ne pouvais plus tenir.

— Tu as bien fait », dit Julie à tout hasard.

A la dérobée, elle chercha sur lui quelque marque de prospérité ou d'allégement. Mais il n'avait pas même une cravate neuve. Aucun vêtement sur lui ne semblait pouvoir dépasser jamais un certain état de propreté râpée.

137

« Mais, dit Julie, est-ce qu'Hirondelle est en état de faire la route ? »

Il sourit tendrement comme si la jument le regardait.

« Elle la fera doucement, à son aise. A partir du Mans, je quitte les grands chemins, qui ne sont pas à son pied. Elle s'amusera comme une folle. Qu'est-ce que tu nous donnes à manger ?

— Bœuf mode d'en bas, salade, fromage, fruits. Tu descends me chercher les petits pains ? Je les ai oubliés. »

Elle le suivit de l'œil quand il descendit. « Du gros fil blanc dans sa moustache, et un nez qui grandit... C'est comme ça que la fin commence, même chez les Carneilhan... »

Ils mangèrent d'abord sans parler, après quelques questions brèves et comme protoco-laires :

« Au moins, ça te tire d'épaisseur, d'avoir vendu ? demanda Julie.

— Un bon moment », répondit Léon.

Il alla remettre au chaud le bœuf mode, et rendit la politesse :

« Et ce brave Espivant, toujours à l'agonie ?

— Pas mal, merci, dit Julie. Fais-moi penser à te parler de lui après le dîner. »

Carneilhan dînait en corps de chemise avec la permission de Julie, et buvait sereinement un vin rouge sans vertus, noir sous la lumière de la lampe.

« Mais, dit soudain Julie, si tu mènes toi-

138

même le lot à Carneilhan, ce n'est pas que tu comptes y rester?

— Pas que je sache », dit-il.

La réponse ambiguë ne contenta pas Julie. Une nuit violâtre, qui se fermait sur Paris, lui fit sentir la fin proche de l'été et craindre la disparition de l'homme blond au long museau, fait à sa ressemblance, qui tenait gravement les yeux sur son assiette, mangeait avec des mains de paysan et des gestes d'homme du monde.

« Ce sont de vraies reines-claudes, dit-il. Elles sont bonnes.

— Dis-moi, Léon, quand est-ce que tu comptes partir?

— Ça t'occupe? D'aujourd'hui en huit.

— Si tôt que ça? »

Il regardait sa sœur à travers la fumée d'un cigare médiocre, qui s'allumait mal.

« Ce n'est pas tôt, dit-il. Les nuits se font déjà longues. Mais les journées en seront plus fraîches.

— Oui... Tu te souviens, quand nous sommes partis pour Cabourg, avec ma belle jument rouge?

— Et Espivant, que tu oublies. Il en a vite eu sa claque, de la petite performance.

— Oui... Alors, tu es décidé?

— A moins qu'il ne tombe des hallebardes juste ce jour-là, naturellement.

— Oui... Tu as des nouvelles de Carneilhan? Quel temps est-ce qu'il fait là-bas?

— Magnifique. »

Julie n'osa pas insister. Elle avait pourtant vingt questions toutes prêtes, touchant la salle d'en bas, une chambre bleue, trois faisans de basse-cour, les poulinières, et même le père Carneilhan. Une faiblesse étrange de son corps désirait la couche de foin creusée à même la meule, la torpeur d'après-midi sur une terre friable et blonde... Elle se leva brusquement.

« Reste là, je vais mouiller le café. Tu me débarrasseras la table ? »

Quand elle revint avec la cafetière brune, la table à jeu portait son napperon bien tendu, les tasses, les verres à whisky et à eau-de-vie, les cigarettes. Julie siffla d'approbation. Avant de s'asseoir, elle alla chercher, dans le coffret aux lettres d'amour, la feuille timbrée qu'elle posa devant son frère.

« Qu'est-ce que tu penses de ça ? »

Il lut lentement et, avant de déposer le papier, vérifia le filigrane à contre-jour.

« Je pense que tu l'as gardé. C'est déjà une opinion. Mais à part cette opinion-là, je ne trouve pas que ce papier offre un intérêt quelconque. Pourquoi me montres-tu ça ?

— Mais c'est toi... C'est toi qui m'as dit que tu flairais autour d'une grosse somme qu'Espivant... »

Carneilhan l'interrompit :

« J'escomptais sa mort, et non pas le parti qu'on pourrait tirer de sa vie. Ce papier date d'avant cette pagaille qu'a été votre mariage. Qui donc s'aviserait d'aller remuer un tas de choses pas belles qui datent d'assez loin, et où tout le monde trouverait à se crotter?

— Ah! bon, dit Julie décontenancée... Mettons que je n'aie rien dit.

— Une fois pour toutes, rien de ce qui te remettra en rapport avec Espivant n'est souhaitable.

— Parce que?...

— Parce que tu n'es pas de force. »

Il ne quittait pas sa sœur des yeux. Elle se bornait à baisser les siens, ouvrait des amandes, se brûlait les lèvres au café bouillant et fuyait l'insistance des iris bleus, des pupilles noires en tête d'épingle.

« Mais qui a bien pu te mettre en tête...

— Moi toute seule, tiens.

— Ou un « petit copain » qui aurait vu un parti à tirer... »

Julie sursauta, prit ses grands airs :

« Dis donc, mon cher, je peux faire bien des choses avec un copain, mais pas lui raconter mes affaires de famille!

— Espivant n'appartient pas à ta famille, observa Carneilhan.

— Oui, enfin ne jouons pas sur les mots. N'en parlons plus, mon idée ne vaut rien. La tienne n'était pas meilleure, puisque Herbert va mieux. Dis donc, il ne l'a jamais touchée,

141

par parenthèse, la fameuse dot. Il me l'a affirmé.

— C'est possible. Il est si bête, grommela Carneilhan.

— Je t'accorde que ce n'est pas un aigle, mais pour bête...

— Si. Tu t'apercevras qu'il n'a fait dans sa vie que des choses bêtes, d'un air vif et intelligent. Son trait de génie, son dernier mariage, parlons-en! Si j'avais épousé une femme riche, elle me cirerait mes bottes.

— Il fait bon être entre vos pattes, dit Julie.

— Vous n'êtes jamais embarrassées pour vous en tirer, repartit Carneilhan. D'ailleurs, je n'épouserai jamais une femme riche. »

Il réfléchit et releva brusquement sa tête sèche :

« Comment, s'il n'a pas touché « sa » dot, as-tu pu avoir l'idée de lui réclamer tout ou partie d'un million ? »

Julie devint pourpre, fit la sotte :

« Oh! moi, tu sais, je n'en rate pas une! Rends-moi cette justice que je t'ai consulté avant.

— Encore heureux! »

Elle s'inquiétait de le voir soupçonneux et voulut l'entraîner loin d'une recherche, d'une piste, loin enfin d'Espivant. Elle y réussit en lui racontant, avec un abandon qu'elle exagérait, le suicide manqué du petit Toni, et Carneilhan rit durement d'apprendre qu'Espivant « faisait la tête ».

« Tu sais comme il est, celui-là, renchérit Julie, quand il apprend qu'un homme désire une femme qu'il a connue, il se sent un peu cocu. »

Quand Léon balaya la table du tranchant de la main, d'un geste qui signifiait : « Rien de tout cela ne peut servir à rien », Julie respira plus à l'aise, et s'accorda de boire prudemment. Sa raideur la quitta, elle rayonna toute dorée sous la lampe, sentit la chaleur de l'alcool monter à ses tempes. Elle atteignit le but de ses efforts en entendant Carneilhan, enfin guilleret, lui dire : « Je ne sais pas comment tu t'arranges, tu as trente ans, ce soir. » Elle voulut mériter encore mieux l'éloge et ce qu'il contenait de sourde jalousie fraternelle, traîner encore plus loin du chasseur son aile invisiblement blessée, qui s'obstinait à couvrir et à cacher quelqu'un. Alors elle éclata de son grand rire, versa deux petites larmes et raconta à Carneilhan qu'elle voulait « couillonner Coco Vatard », qui l'ennuyait.

Elle sembla perdre toute conscience, et le discernement entre ce qu'il était bon ou mauvais de confier à un Carneilhan aux aguets. Elle dépeça devant lui un pauvre petit Coco Vatard sans reproche, brandit son scalp qu'elle trempait dans les cuves à teinture : « Vois-tu, vieux, que je me réveille aux côtés d'un type

143

pareil, avec le nez vert et le ventre violet ! »
Carneilhan ne se laissa pas aveugler tout de
suite. Quand Julie, la bouche lustrée d'eau-de-
vie et la paille de ses cheveux défrisée par la
pluie, déshabillait sciemment, jusqu'au-delà
du râble, son petit compagnon renié, Carneilhan risquait d'un ton uni une question inoffen-
sive : « Herbert ne t'a pas fait l'effet d'un type
un peu simulateur ? Et tu n'as pas trouvé
curieux qu'Herbert ait besoin de toi si souvent ? » A la fin il se lassa, et Julie n'entendit
plus le nom, le prénom qu'il semait parmi les
brindilles de son bavardage pour qu'elle y
trébuchât. Alors, la conversation lui devint un
bruit confus, et le besoin de dormir s'abattit
sur elle. Elle se roula dans la couverture de son
lit-divan et ne parla plus. Léon de Carneilhan
poussa un peu les vantaux de la porte-fenêtre,
éteignit les lampes sauf celle du chevet, rabattit
la manette du gaz dans la cuisine. Lorsqu'il
partit, Julie dormait sous l'étoffe d'un rouge
sombre, et ses petits copeaux de cheveux
étaient aussi pâles que sa peau. Elle ne tressaillit même pas au claquement de la porte du
palier.

Dès le lendemain matin elle résolut d'agir, et de suivre un plan. Elle donnait le nom de plan à une suite de décisions dont la cohérence ne s'apercevait pas du dehors, et qui lui avait valu, maintes fois, le blâme de ses proches et la risée des indifférents, car elle agissait au mépris de ce que lui eussent conseillé les uns et les autres. Elle ne prit d'autre mesure de prudence que d'aller consulter la femme-à-la-bougie. Une bougie neuve à même la peau, entre ses seins, elle s'en fut éveiller Lucie Albert, qu'elle emmena, pâle de fatigue, les yeux béants et comme en proie à "ne hypnose ambulatoire. Mais la petite nocturne n'oublia pas de cueillir pour elle-même, sur son piano de travail, une des deux bougies roses torses et décolorées, qu'elle glissa sous sa blouse.

« Comment, Julie, un taxi ! Encore !

— Encore. Et ce n'est pas fini ! Monte, et rendors-toi jusqu'à l'avenue Junot. »

Quand le taxi découvert passait devant des

glaces, Julie jugeait sévèrement la mince silhouette chavirée, la pâleur et l'assoupissement
de sa compagne, et n'en approuvait que mieux
sa propre image droite, son vieux tailleur blanc
et noir encore une fois nettoyé, la couleur de
bouquet jaune et rose que composaient son
visage et la courte écume de ses cheveux frisés.
L'état secret de son esprit et de son corps se
révélait par une expression butée, des narines
particulièrement buveuses d'air et sa plus
grosse bouche, d'un rouge insultant.

Chez la femme-à-la-bougie, une température
invariable, voisine du froid des églises, régnait
sur un petit parloir à chaises de paille, dont
l'unique ornement consistait en une sorte de
diplôme, encadré de noir, suspendu au mur.

— « *Je certifie,* lut Julie à haute voix, *que
Mme Eléna a fait tout son possible pour empêcher que
ma fille regrettée, Geneviève, parte sur le yacht, en lui
disant qu'elle y trouverait la mort...* » C'est
pâmant !

— Oh ! Julie, il n'y a pas de quoi rire ! Cette
pauvre jeune femme qui a été noyée ! Ce n'est
pas drôle ! »

Julie toisa la petite camarade :

« Qu'est-ce que tu peux savoir, mon pauvre
petit cœur, de ce qui est drôle, ou pas drôle ? »

Mme Eléna entra en bâillant, flétrit les
obligations de son métier, et se plaignit de
manquer de sommeil ; sans doute elle ne donnait pas le nom de sommeil à une sorte

d'engourdissement égaré qui ternissait ses yeux d'un bleu vague. Pour le reste, du tablier de toile quadrillée au chignon en galet ovale, elle était pareille à une femme de ménage qui se respecte. Elle commença à gratter du couteau la bougie allumée, comme elle eût râpé une carotte, et bredouilla sombrement, pour la grande émotion des deux consultantes. Elle épela, dans les flaques de stéarine figée, que Julie aurait affaire à un homme pas très sûr, puis qu'elle se déplacerait, et enfin monterait un escalier en pas de vis. Pour Lucie Albert, elle se fit plus sibylline encore et proféra, en écrasant la vieille bougie torse sur l'assiette de faux Rouen, des sentences qui concernaient un enfant caché. Mais qu'importaient, à Julie comme à Lucie Albert, enfant clandestin et homme de mauvais aloi ? Elles ne voulaient l'une et l'autre que s'abandonner irresponsables à ce qui ne serait jamais élucidé. La petite Albert disait : « Oui, oui » en hochant le front, comme si elle notait une commande ; Julie, muette, se retranchait derrière un air de hauteur carneilhane. Elle sortit du logis d'Eléna comme d'un massage, s'attabla à une terrasse, et Lucie Albert acheva de s'éveiller devant un café-crème.

« J'ai faim comme quand je sortais de la grand-messe à Carneilhan ! s'écria Julie.

— Moi aussi, j'ai la dent ! dit Lucie Albert. Julie ! Un enfant caché ! C'est formidable.

147

— Tu as un enfant caché ?

— Oh ! non, Julie ! Mais toute personne que je vais rencontrer, je vais me faire sur elle des idées d'enfant caché, c'est passionnant. Et toi, tu t'y retrouves, dans ce qu'elle t'a prédit ? »

Julie sourit à son croissant beurré.

« Pas du tout ! Alors tu juges si ça me met à l'aise !

— A l'aise pour quoi ? »

Julie planta ses incisives dans le croissant, balaya d'un regard optimiste la place Clichy du mois d'août, poussiéreuse et négligée comme un rond-point de province.

« Pour n'importe quoi... des bêtises... Oh ! des bêtises bien sages, tu sais...

— Julie, tu n'épouserais pas Coco Vatard ?

— Quoi ?... »

Lucie Albert, effrayée, recula sa chaise.

« Ce n'est pas moi qui en ai eu l'idée, Julie ! C'est Coco qui dit toujours en parlant de toi : « J'ai bien peur que cette femme-là ne soit la femme de ma vie... » Ne remonte pas ta lèvre comme ça, ce n'est pas beau. Tu y crois, toi, à ce qu'elle prédit, Eléna ?

— Cinq minutes. Après je n'y pense guère. »

Elle ne jugea pas utile de mentir plus avant. Elle mesurait l'étendue de quelques jours d'avenir immédiat, déblayée de tout intrus pénétrant. Toni Hortiz lui-même, dépêché par Marianne sur une petite Alpe suisse, s'y repo-

148

sait de son premier suicide, et Mme Eléna
n'avait lu dans le destin de Julie que de
confuses images d'escaliers et de déplacements.
Elle respirait, loin des perspicacités, une
atmosphère libre, au travers de laquelle, le
moment venu, elle saurait s'avancer seule,
choisir son erreur, chérir sa dernière sottise...
« Et pourquoi la dernière ? » pensa-t-elle
orgueilleusement. Chaque fois qu'une activité
ou une impatience la soulevait, elle faisait jouer
sur son siège les bons muscles de ses cuisses et
de ses fesses, comme si elle chevauchait.

« Va dormir, dit-elle à Lucie Albert. Tu
peux dormir jusqu'à quelle heure ?

— Quatre, cinq heures... Surtout que j'ai
mangé. Je n'ai plus qu'à faire ma toilette. »

Les narines irritables de Julie suspectèrent la
petite pas lavée, ses cheveux ternis par les nuits
consécutives vécues à tâtons dans la fumée des
cigares et des cigarettes, sa peau blanche
comme les scaroles, et moite.

« Pauvre gosse, dit-elle. Je te dépose. »

Les yeux démesurés, qui n'exprimaient rien
que la stupeur des insomnies stratifiées,
s'agrandirent encore :

« Oh ! Julie, Julie... Tu finiras sur la paille.

— Sur la paille ? Mais tu ne sais donc pas le
prix de la paille ? bouffonna Julie. Au revoir.
J'irai peut-être prendre un verre à ta boîte, ce
soir.

— Oh ! C'est ça ! C'est ça ! Si tu viens, je

jouerai le joli petit morceau des *Biches* pour toi, à l'entracte ! Tu promets ? »

Entre onze heures et une heure du matin, Julie descendit au cabaret. Seule, en tailleur noir neuf, elle s'assit à une table plus petite qu'un plateau à thé, devant un gin-fizz, et soutint les regards attirés par sa belle stature, l'œillet soufre qui répétait la couleur de ses cheveux, ses yeux bleus outrecuidants comme des yeux d'aveugle. De temps en temps elle rendait sourire pour sourire à sa petite camarade, qui quitta la caisse pour s'asseoir au piano, jouer gentiment un fragment des *Biches* et accompagner, après minuit, les chansons de la propriétaire-vedette.

Exiguë, la salle différait peu d'autres salles exiguës, vouées aux chansons et à l'alcool. Un banc de fumée se collait au plafond bas ; les proportions de la salle, ni celles de l'estrade, n'avaient admis aucune tentative de décoration excentrique. Pour venir s'asseoir de biais près de son amie et accepter un gin-fizz, Lucie Albert attendit que Julie lui fît signe.

« Tu es belle, tu sais, Julie !

— Il faut bien », dit Julie pensivement.

Elle s'efforça de soutenir un semblant d'entretien. Mais elle ne percevait pas d'autre réaction que la saveur, fine et sèche, du gin. Tout le reste ne servait que de décor vague aux derniers gestes de son après-midi : prendre dans le coffret aux nacres la feuille de papier

timbré, la plier selon de nouveaux plis, y
joindre quatre mots : « Fais comme tu voudras », signer : « Youlka » et envoyer le tout à
Herbert d'Espivant. Une telle brièveté, une
telle facilité l'avaient laissée un peu étonnée.
Elle ne regrettait pas sa décision, ni ne la
regretta pendant la nuit, au cours d'une calme
insomnie. Elle doutait seulement, sur le bord
du sommeil, d'avoir agi, et le doute la réveil-
lait. Le lendemain matin, par beau temps, elle
se surprit à chanter, et la matinée s'écoula
rapide. « Comme c'est facile d'attendre, quand
on attend réellement quelque chose ou quelqu'un ! » Elle toucha du médius, par trois fois,
le bois du dessous de la table. Après quoi elle
dut répondre à l'appel téléphonique de Coco
Vatard. Sereine, hors d'atteinte, elle l'évinçait
sur un ton affectueux :

« Eh non, mon petit gars, que veux-tu ? Non,
je ne peux pas. Oh ! ce n'est pas un mystère,
va. Mon frère... Oui, encore lui, comme tu
dis... Mon frère a vendu son... Comment
appelle-t-on ça ? Son établissement, merci... En
dehors des cochons et des canards, il y a un
mobilier dont on tirera bien cent cinquante
louis, mais il n'y connaît rien, ce brave Léon,
alors c'est moi qui... Oh ! non, voyons, pas
demain... Demain je suis encore à Ville-
d'Avray toute la journée... M'y téléphoner ?
Penses-tu, son téléphone est coupé depuis trois
mois, il ne le payait pas... Ah ! c'est un numéro,

mon frère! Heureusement que je n'en ai qu'un... Comment? Si tu venais tout de suite? Oh! non, mon petit gars... Oh! non... Je ne te le conseille pas... »

Une voix pressante, au bout du fil, multipliait les « Pourquoi? Mais pourquoi? » Julie rêva un moment, et répondit avec aménité :

« Parce que je te foutrais dans l'escalier. Oui. Aussi vrai que j'existe. »

Elle reposa doucement le récepteur sur sa fourche et sourit à tout l'incertain qui s'ouvrait devant elle. Elle se coiffa de son petit feutre à plume de ramier, descendit acheter des œufs et des coquilles de poisson, des fruits. La journée coula d'un flot si doux et si imperturbable, l'attente de Julie peupla si étroitement tous ses instants, qu'elle perçut le silence autour d'elle comme une rumeur continue. « Il a eu mon mot au courrier du matin, vers neuf heures... Il a reconnu mon écriture... » Elle émigra en esprit rue Saint-Sabas, et s'y installa. « A neuf heures, le courrier a été mis sur la console, à la porte de sa chambre, comme d'habitude. Car il est infidèle, mais maniaque. Bain. Coiffeur et manucure en même temps. Marianne? C'est vrai, il y a Marianne. Couverte de ses cheveux pourpres, accablée de torsades, de coquillages, de cordages de cheveux, Marianne, à la même heure... Oh! et puis je m'en fiche, Marianne a fait ce qu'elle a voulu. » De la main, Julie donna congé à Marianne, revint à Espivant.

« A dix heures, il a regardé ses ongles avant de s'habiller et il a remarqué : « C'est curieux qu'aucune manucure n'ait jamais rien compris aux soins des ongles », puis il a ouvert ma lettre. Alors il a appelé Marianne... A moins qu'il n'ait fait ses petits yeux en pensant : « Il faut voir... Attendons ! »

Elle baissa le front, serra ses mains entre ses genoux, car en disant « attendons » elle constatait que l'attente est une gymnastique sévère.

A huit heures elle se résigna, alla manger des crêpes de sarrazin chez un cabaretier breton, en buvant du cidre, et finit sa soirée au cinéma du quartier.

Le lendemain matin, elle s'étrillait dans l'eau tiède quand le téléphone l'appela.

« Courez, madame Sabrier ! Courez, bon Dieu de bois ! »

Elle entendit la femme de ménage répondre : « Oui, monsieur ! Non, monsieur ! » et bondit hors de l'eau. A la voir derrière elle nue et ruisselante, fleurie d'algue jaune frisée, Mᵐᵉ Sabrier cria de scandale et s'enfuit.

« Allô ! dit Julie d'une voix haute et ralentie, allô ! Qui est à l'appareil ? Ah !... Monsieur Cousteix, parfaitement... M. d'Espivant va bien ?... Aujourd'hui entre quatre et sept ? Non, je ne compte pas sortir. Précisément, j'avais pris mes dispositions pour rester chez

153

moi. Je n'en bougerai pas. Au revoir, cher monsieur. »

Pendant qu'elle parlait, des gouttes d'eau, descendues parallèles de ses cheveux mouillés, se suspendaient un moment au bout de ses seins, puis s'en détachaient, et Julie frémissait d'un froid imaginaire. Elle vit ses cheveux, ses cils collés : « Je serai affreuse aujourd'hui... » Elle se chaussa de toile blanche, arpenta pendant une heure et demie les allées écartées du Bois, rentra affamée et grilla sur son réchaud un bifteck bien choisi, « épais, admira-t-elle, comme un dictionnaire ».

Mais elle ne toucha pas à la vaisselle, et rehaussa de rouge ses ongles. Ses heures d'après-midi ressemblèrent fidèlement, banalement, aux heures rapides et palpitantes qui précèdent l'arrivée d'un homme attendu. Elle prépara un plateau et deux tasses, roula dans un linge humide une touffe de menthe verte, qui parfumerait le thé à la marocaine. « Le thé à la marocaine ne fatigue pas le cœur. » Puis elle s'étendit à demi dans le fauteuil en peau de bœuf. De temps en temps elle tournait la tête vers son image, et la félicitait, avec un vague sourire, d'être coiffée net, serrée dans un costume tailleur gris, et rajeunie par l'ombre du store. Créée pour rencontrer l'homme et lui plaire, pour l'aimer fréquemment et s'abuser sur lui, elle jouait avec l'approche d'un homme

154

qui allait entrer. « Qu'il entre seulement. C'est prévoir bien assez. Après... Après est loin. »

Elle n'accorda aucune complaisance à l'idée de la volupté. Le meilleur de son attente était la passivité profonde, et l'ignorance, car elle n'avait de sa vie renoué une liaison rompue, repris goût à une saveur oubliée. Un peu de rougeur lui monta au cou et au visage, quand elle pensait qu'Espivant pouvait, à la même heure, craindre ou désirer le choc de leurs corps. « Mais non... Mais non... Il ne peut être question de ça... Aujourd'hui est un jour où je fais ce que je peux pour le tirer d'où il est. Aujourd'hui, il découvre que son alliée véritable c'est moi, en dépit de ce que nous nous sommes dit, et fait, et jeté à la tête... »

La somme d'argent qu'il convoitait, l'emploi impudent de quelques lignes d'écriture ne la tourmentaient plus. Une « bonne blague » réussit, ou bien elle rate. Si elle rate, tant pis. Rien n'avait accoutumé Julie à considérer Marianne en tant que personne morale et juge des actes d'autrui. Elle en restait à une Marianne qu'elle n'avait jamais vue de près, Marianne richissime, rareté faite pour décourager toutes les rivales, conquête orientale autour de laquelle le veuvage avait rouvert les compétitions. Un mystère un peu bas environnait Marianne, en somme. Julie était près de s'étonner que Marianne sût lire, parlât français, ne fût pas sourde-muette. Une femme

155

chargée de tant de beauté, d'une si lourde fortune... Julie, énervée, fit un petit rire de mauvaise foi : « C'est un peu comme une infirme, une femme à six doigts de pied », pensa-t-elle.

L'horloge de l'école sonna quatre coups et elle bondit de son siège pour aller soulever le store, interroger la rue, le temps, s'assurer que la journée magnifique et la chaleur légère n'avaient pas changé, mâcher une feuille de menthe et poudrer son visage. Au trille de sonnette timide et entrecoupé, elle rit : « Quelle exactitude ! » et arrangea avant d'aller ouvrir une botte de bluets des jardins, aéra une gerbe de pavots rouges qui répandaient, avec leur pollen bleu foncé, une odeur de poussière et d'opium.

Droite, les pieds joints, la bouche entrouverte sur ses incisives blanches, elle ouvrit la porte. « Non, ce n'est pas encore lui. »

« Madame ?... Oui, c'est ici. »

Elle gardait machinalement sur ses traits le demi-sourire sur les incisives blanches, le regard de fausse myopie impertinente. « Mais... Mais c'est Marianne... Marianne... Non, voyons, ce n'est pas Marianne ?... Pourvu que ce ne soit pas Marianne... »

« Je suis Mme d'Espivant », dit l'inconnue.

Julie laissa tomber son bras libre, accepta la réalité et s'effaça.

« Entrez, madame. »

Elle remplit son office de femme manégée, auquel Mme d'Espivant donnait les répliques nécessaires. « Voulez-vous vous asseoir, madame ?... — Merci. — Ce fauteuil est un peu bas... — Non, non, je suis très bien... » Puis elles se turent toutes les deux. La légèreté carneilhane, en Julie, luttait déjà avec l'anxiété. « C'est Marianne. Quelle histoire ! Lucie sera épatée. Et Léon, donc ! Enfin, j'ai devant moi cette fameuse Marianne... »

« Madame, ma présence chez vous doit vous paraître... étrange...

— Mon Dieu, madame... »

« Nous allons perdre beaucoup de temps, pensa Julie. Elle a un très joli timbre de voix... Et Beaupied, en bas, sur son siège, qui ne doit plus rien y comprendre ! »

« ... Mais je ne suis venue que parce que mon mari me l'a demandé.

— Ah oui ? C'est lui qui...

— C'est lui. Il est souffrant aujourd'hui. Réellement souffrant, répéta Mme d'Espivant, comme si Julie eut protesté. J'ai attendu, pour m'éloigner de lui, l'heure de sa piqûre.

— J'espère que c'est sans gravité », dit Julie.

« Un très joli timbre de voix, doux avec un peu d'acidulé dans le haut... Mais si nous allons de ce train-là, pensa-t-elle, je serai forcée de la retenir à dîner... On n'a pas idée de sortir à quatre heures en robe d'après-midi noire. Et

157

ce chapeau, avec une voilette flottante ! Moi,
d'abord, je ne la trouve pas si étonnante que
ça, la belle Marianne... » Puis Julie échappa
au réflexe féminin et commença à dégager peu
à peu Marianne d'un renom général et d'une
critique personnelle. Avidement, elle chercha
la « statue de cire rosée » dépeinte par Espivant, ne la découvrit pas tout de suite, et tint
pour pâleur un peu juive ce qui était carnation
sans transparence, chair d'un grain et d'une
opacité de marbre. « Oui. Au grand jour elle
doit être rose. »

« Ce n'est malheureusement pas sans gravité. D'ailleurs mon mari lui-même vous a mise
— il me l'a dit — au courant d'un état
cardiaque...

— En effet, madame, en effet. Mais l'avenir
d'un état organique dépend beaucoup d'un
état général, et Espivant passe... du moins
passait pour extrêmement résistant... »

« Et toc, et patati, et quelle belle matinée »,
poursuivit en elle-même Julie qui se reprenait.
« Oh ! je n'avais pas vu les tresses... Oh ! cette
chevelure... »

Mme d'Espivant venait de rejeter sa voilette
en arrière, découvrant ainsi une partie du bloc
rouge-brun de ses cheveux, les bossettes bril-
lantes d'un diadème de tresses croisées et
recroisées qui empiétaient sur les oreilles, ser-
raient le front et les tempes. « Ça, c'est formidable ! constata Julie. C'est une femme

construite comme certaines statuettes, rien qu'avec des matériaux exceptionnels, du jade, de l'aventurine, de l'ivoire, de l'améthyste... Et c'est vivant ? Oui, c'est vivant. Et elle est venue chez moi. Elle est là, et pas du tout tremblante, et moins épatée d'être devant moi que moi de l'y voir... Venons au fait, madame d'Espivant, au fait ! »

« Je voudrais partager votre optimisme, madame, dit Marianne, mais... Il me faut bien vous dire que votre réclamation récente a beaucoup alarmé mon mari. »

Elle se tourna un peu sur son siège, et leva sur Julie ses yeux très sombres, ouverts largement comme l'antique œil grec, pourvus de cils aux deux paupières et dont le blanc se teintait de bleu. « Les beaux yeux ! les beaux yeux ! admira Julie. Et comme elle en joue peu ! Elle est simple. Il faut bien qu'elle soit simple pour venir chez moi, même si c'est lui qui l'envoie... Qu'est-ce qu'elle m'a dit ? Réclamation récente ? Je te crois qu'elle est récente, ma lettre date d'avant-hier... »

« Est-ce en si peu de temps que vous avez pu juger que ma... réclamation avait eu un effet malheureux sur l'état d'Espivant ? »

Les yeux sombres se fixèrent sur Julie :

« Mon mari, madame, même avant d'être malade, était un grand nerveux... »

« Merci pour le tuyau », se dit Julie. Mais la

passivité de Marianne et sa gravité sans issue l'éloignèrent de toute ironie.

« ... et chez un nerveux un souci a le temps de causer en quinze jours quelques ravages... »

Julie broncha sur les mots « quinze jours ». « Attention... Ça glisse, et je n'y vois pas très clair... Quinze jours ? Ah ! le chameau, qu'est-ce qu'il est allé lui raconter ?... »

Elle répéta, pensivement :

« Quinze jours ?...

— Peut-être un peu plus, dit Mme d'Espivant. Il y a une quinzaine, je me souviens qu'en rentrant j'ai trouvé mon mari bouleversé... »

« Elle a une bouche rebordée comme certaines hindoues très jolies, et un petit creux au coin des lèvres... C'est une magnifique créature qui n'a pas la moindre idée de ce qui lui sied... »

« Bouleversé, madame ? Je ne vois pas bien ma part de responsabilité dans ce... bouleversement ? »

Julie ouvrit sa veste, parce qu'elle avait chaud, et surtout pour que Marianne pût juger de sa gorge légère, de sa fière et longue taille sous le chemisier gris et rose. « Là ! Elle a vu tout de suite que je n'étais pas trop déjetée. » Comme elle souffrait de ne pas fumer, elle tendit son étui à Marianne, qui refusa.

« Ma fumée ne vous gênera pas, au moins... J'oubliais qu'Herbert fume. Vous disiez que

vous me teniez pour responsable d'une aggra-
vation... C'est bien le cœur qui est atteint chez
M. d'Espivant? Le cœur. Evidemment l'habitude de dissimuler sa sensibilité a dû surmener
ce cœur. »

« Je peux bien me décarcasser à faire de
l'ironie, elle n'a même pas l'air d'entendre.
C'est peut-être ce qu'elle a de plus touchant,
cette vague tristesse, cet air de veuvage, cette
apathie de femme chaude... Une chose me
paraît sûre : elle est triste, donc Herbert est
réellement, comme elle dit, réellement
malade... »

« Madame, croyez que je suis venue sans
plaisir, que je parle à regret, dit Mme d'Espivant. Vous ne pouvez pas avoir oublié que
votre réclamation, dont mon mari ne conteste
pas la légitimité, vous l'avez accompagnée de
termes... »

« Quand elle se rengorge, elle fait déjà un
peu mémère, pensait Julie. Ce n'est pas une
question de corpulence, elle est encore mince.
C'est manque de classe. Une femme parfaitement belle, avec quelque chose d'indiciblement
ordinaire... Elle a rougi quand j'ai appelé
Espivant par son prénom. Mais ma bonne
dame, il faut vous habituer à l'idée qu'il y a eu,
comme on dit, « quelque chose » entre Herbert
et moi. Actuelle madame d'Espivant, ne vous
affolez pas ! »

« ... vous l'avez accompagnée de termes qui

161

pouvaient s'interpréter dans un sens inquiétant, faire prévoir une... une agitation fâcheuse autour du nom de mon mari, de sa personnalité, même de son honorabilité... Je ne me trompe pas? »

« Comment? Quoi? Une agitation... Son honorabilité? Je ne peux pas la faire répéter, elle me croirait sourde ou idiote. Si j'étais raisonnable, je me lèverais, je la reconduirais gentiment jusqu'à ma porte, et la farce des deux Mme d'Espivant en resterait là... »

« Je comprendrais très bien, remarquez, insista Marianne, que sous l'empire de la nécessité ou en proie à un sentiment violent, vous ayez pu être amenée à employer des arguments... auxquels on ne recourt qu'en désespoir de cause... L'essentiel est que je ne dénature pas ce que mon mari m'a rapporté, n'est-ce pas... »

Stupide, Julie regardait cette belle femme en noir qui en l'accusant montrait de l'appréhension. « Il a fait ça... Il m'a fait ça! Il m'a chargée. Tout, il a tout mis sur mon dos. Il lui a fait croire que l'idée d'une sorte de chantage vient de moi. Oh! je ne peux pourtant pas supporter ça. Une chose pareille, il ne faut pas que Marianne m'en suppose capable... » Mais elle était déjà la proie d'un aveuglement supérieur. Elle fit un signe négatif, s'éclaircit la voix :

« Espivant vous a dit la vérité, madame. »

Elle se détourna, écrasa sa cigarette, vit trembler sa main comme elle avait entendu trembler sa voix, et en ressentit une joie extraordinaire : « Ça y est, je l'ai dit ! J'ai dit ce qu'il voulait que je dise, je suis noyée, je suis perdue, tout est fait comme il l'a voulu. Mais qu'elle s'en aille maintenant... Je vais lui dire de s'en aller. »

« Alors n'y pensez plus, n'y pensons plus, madame ! s'écria Marianne. Une femme ne peut pas toujours être à la hauteur des circonstances, ajouta-t-elle avec un peu de naïveté plébéienne. Il ne faut plus y penser ! »

Sous tant d'encouragement, Julie s'assombrit de nouveau. « N'y pensez plus ! Ma parole, tout ce qu'il y a de pédézouille à la ronde se mêle de me donner des conseils, Coco Vatard, la belle Marianne... N'y pensez plus ! Pourrai-je ne pas penser qu'Herbert m'a chargée, roulée dans quelque chose de sale... Il est encore temps que d'un mot je détrompe Marianne. Elle n'est pas encore sûre de lui... Elle pressent dans tout ça la main blanche d'Herbert, la ruse d'Herbert... D'un mot, je change tout, si je veux. Ça, au moins, il ne l'aurait pas volé... »

Une ligne, tracée d'une tranchante écriture, passa devant ses yeux et elle relut : « *Viens donc, ma Youlka...* » Elle n'eut pas le temps de se défendre, la salive des pleurs soudain emplit sa bouche, et elle éclata en sanglots.

« Madame... madame... », murmurait près d'elle la voix de Marianne.

Julie luttait en vain, tamponnait ses yeux à l'aide d'un petit mouchoir. Elle entendait ses propres hoquets et ne parvenait pas à les maîtriser. « Rien, rien ne pouvait m'arriver de pis... Devant elle ! Pleurer devant elle ! Si encore elle s'en allait... Non, elle reste là, plantée. Elle regarde les dégâts... » Pêle-mêle elle pensait à ses yeux meurtris, à son chemisier taché de pleurs, à la traîtrise d'Espivant : « Me faire ça ! Faut-il qu'il soit sûr de moi ! Plus sûr de moi que de sa femme... »

Elle se dompta enfin, se moucha, n'eut aucun embarras à se poudrer rapidement, à lisser ses cils d'un doigt humide.

« Je me donne en spectacle, dit Julie. Et c'est un bien déplaisant spectacle. Excusez-moi. »

Mᵐᵉ d'Espivant fit un geste qui pareillement s'excusait, remit en ordre un col de tulle que rien n'avait dérangé, chercha machinalement sur son cou un fil de perles absent. « Elle l'a ôté pour venir chez moi », pensa Julie, prompte à changer d'humeur.

« Madame, dit Marianne, vos larmes m'ont bien émue. Si, si, bien émue. Vous paraissez si spontanée, si... si primesautière. A vous voir je douterais que mes oreilles ont bien compris ce que mon mari a été forcé de m'expliquer. »

Elles se tenaient toutes deux debout, séparées par la table pliante. Le fort parfum de

Marianne assaillit Julie, elle reconnut l'air parfumé qui prenait sa source rue Saint-Sabas dans le vestibule, montait vers la « chambre d'enfant » où Herbert gisait vêtu de soie ponceau, puis se dispersait sous le coup d'éventail glacial de l'éther. Elle fronça ses sourcils essuyés et redevenus blonds. « En quelques mots je me disculpe, pensait-elle. Ce serait vite fait. Elle s'y attend. Elle m'y invite presque. Je parle, je parle ! »

Elle parla, sans prier Marianne de se rasseoir.

« Madame, la démarche que j'ai faite auprès d'Espivant ne demandait pas de publicité ; mais j'ai pensé, pour plus d'une raison, que vous ne pourriez pas l'ignorer. Je me suis résignée à la faire dans des conditions... pénibles, désobligeantes pour moi...

— Pourquoi désobligeantes ? La décision n'est venue que de vous, si j'ai bien compris ? »

« Attention, se dit Julie. Cette bourgeoise sait mieux que moi de quoi je parle, et elle va m'embrouiller... Je donnerais je ne sais quoi pour un verre d'eau bien froide... Ah ! la voilà enfin attentive ! Elle voudrait bien connaître l'homme qu'elle a épousé. Ses petites oreilles, ses grands yeux quêtent la vérité. Mais ce n'est pas de moi qu'elle l'entendra. De moi, elle n'aura qu'une vilaine histoire forgée, et il faudra bien qu'elle l'accepte pour vraie. »

« La franchise extrême de M. d'Espivant ne

me couche pas sur un lit de roses, madame. La réclamation que votre mari tient pour légitime...

— Pardon, interrompit Marianne, il a dit seulement qu'il n'en contesterait pas la légitimité.

— J'en suis heureuse pour lui, dit Julie. Puisque Espivant vous a tout confié, vous savez aussi combien cette démarche a tardé. L'ajourner ne m'a pas toujours été commode.

— Oh! je comprends très bien », dit Marianne.

Julie se pencha sur Marianne plus petite qu'elle, tint à lui sourire :

« Ce n'est pas sûr, ou je me fais mal comprendre. Vivre au jour le jour, et de peu, est pour certains caractères une manière de jeu, une gageure qu'il faut gagner au moins une fois par vingt-quatre heures. C'est passionnant. Je suis un peu joueuse... Jusqu'au jour où ayant tout perdu... Ce jour-là vous savez ce que j'ai fait. »

Comme Marianne ne bougeait pas et semblait attendre qu'elle parlât encore, Julie lui demanda d'un ton doux :

« Je crois que vous en savez maintenant autant que moi. »

L'intonation obligea Mme d'Espivant à rassembler son sac et ses gants, à rabattre sa voilette et Julie s'empressa de la guider vers la porte. Sur le palier, toutes deux retrouvèrent une courtoisie machinale et l'usage du lieu commun.

« Je vous en prie, ne vous dérangez pas !

— Le palier est si étroit qu'en sortant de chez moi on risque une chute. J'appelle l'ascenseur...

— Non, non, je préfère descendre à pied... »

« Cinq minutes, non, je n'aurais pas tenu cinq minutes de plus... Oh !... Et « la fumée ne vous gêne pas, madame, et je comprends très bien, madame, et la démarche que j'ai faite, madame ». Comme des petites filles qui jouent à la visite... » Julie contentait, à longs traits, son envie de boire. Puis elle alla bizarrement se reposer sur l'unique chaise de l'antichambre, obscure et étroite resserre. Elle s'apaisait, savait gré à Marianne d'être partie, d'être déjà loin, déjà sur l'autre rive de la Seine. « Elle est bien, cette femme. Disons qu'elle est plutôt belle que bien. Elle n'a pas ce côté antipathique qui dépare un tas de belles Madame-Une-Telle. En grande robe du soir, ou chez elle — je parierais qu'elle porte des tea-gowns ! — toute couverte de cheveux, d'yeux, de soieries, de gros bijoux de harem, elle doit être merveilleuse... merveilleuse... »

Elle appuya sa tête au torchis rose et rugueux. « Ah ! je ne suis pas faite pour ce genre de diplomatie, Marianne s'en est bien aperçue... Ni pour aucun autre, d'ailleurs.

167

Tout juste si je l'ai tiré de cette petite affaire, mon pauvre traître, par la peau du cou... Encore faudrait-il être sûre que je l'en ai tiré... »

Elle sauta soudain sur ses pieds, grimaça farouchement des narines et de la bouche : « Et l'argent ? J'oubliais l'argent ! L'argent qu'il voulait ?... Rien n'est fait si elle ne lui donne pas, si elle ne le lui a pas déjà donné... Mon pauvre Herbert... Il a un point douloureux, ici, quand il étend les bras... Pauvre Herbert, il lui faut bien cette petite somme, cette tirelire, un peu de célibat enfin, sa retraite de garde-barrière... »

Elle s'en fut laver, au robinet, ses yeux rougis, en s'exhortant au calme. « Il va me téléphoner. Ou bien j'appellerai Cousteix. Qu'est-ce qu'elle disait, déjà, cette commère tout emmiellée de tresses, de voilette et de crêpe de Chine ? Qu'Herbert était « réellement » malade aujourd'hui ? C'est peut-être vrai tout de même. Il vaut mieux que j'attende. Qu'il me dise seulement, qu'il me fasse savoir... Si c'est raté je recommencerai, j'arriverais bien, quand le diable y serait... Herbert, ô Herbert, mes amours, mon meilleur temps, mon pire chagrin, Herbert... »

Elle pressait sur ses yeux un tampon mouillé d'eau salée. Sous ses paupières, parmi des orbes et des zigzags lumineux, passaient de petits mirages, un souvenir, un espoir aussi

168

simples qu'elle-même : la petite table luxueuse, les fruits et le café embaumé, un rayon vif sur l'argent bien fourbi — et en face de Julie l'homme pâle de sa demi-syncope, l'homme qu'elle éventait d'une serviette refroidie d'éther, et qui était revenu à la vie dans le creux de son solide bras de femme... Un brutal appétit de sauvetage, l'avidité du dévouement féminin qui ne choisit pas ses causes soulevèrent Julie. Elle fit craquer ses doigts, ses épaules pour éprouver sa force, en même temps elle promettait son aide à Espivant sur le ton de la menace : « Ton malheureux petit million, quoi, tu l'auras ! Je te le collerai sur ta table à côté des cerises, en plein dans la jatte de figues, dans le bain de pieds de ta tasse de café... Si elle ne marche pas, ta Marianne, je lui dirai, moi, je lui dirai deux mots ! Et tu sais, si nous réussissons, je ne me gênerai pas pour attraper, hop, entre les dents, ce que ta main me jettera, ma part de prise... Et puis tant pis, je vais téléphoner... »

Elle courut au studio, où son regard buta dès le seuil sur une enveloppe qui lui parut d'un blanc aveuglant, et épaisse à faire peur. « C'est Marianne qui a mis ça sur la table. Mais quand l'a-t-elle posé là ? Ah ! je sais, quand j'ai passé devant elle pour lui ouvrir la porte... On ne peut pas dire que Mme d'Espivant soit une femme qui perd la tête. »

Elle palpa, soupesa le paquet. « Qu'il est

léger... Encore plus léger, il me semble, que notre ancien million. L'adresse est de la main d'Herbert. »

La première enveloppe couvrait une deuxième enveloppe, au-dessous de laquelle un papier de soie, plusieurs fois replié, étoffait les billets rosâtres et bleus, qui apparurent enfin, épinglés en dix liasses de dix, tout neufs, imprégnés de leur caractéristique odeur de stéarine. « C'est tout ? Mais ça ne fait que cent mille francs ? Cent mille francs, et pas un mot... Même pas un petit merci insolent, une blague de carotteur génial pour me faire rire ? » Elle interrogea du regard la porte par où Marianne venait de sortir, comme si elle eût pu la rappeler. « Il a taillé lui-même, de sa main gonflée, de sa main de maître, nos deux parts... Et c'est tout. C'est une cruauté de plus. C'est... »

« C'est du dix pour cent, comme aux agents de location », dit-elle tout haut, sur un ton qu'elle voulait cynique et badin ; mais le son de sa voix lui déplut.

Elle roula les billets, les lia d'un bracelet de caoutchouc, et ne sachant plus qu'en faire les enferma dans le coffret fleuri de nacre. Désœuvrée, elle revint s'accouder au balcon de la porte-fenêtre, en s'étonnant que le soir rassemblât déjà les passereaux dans le lierre d'un poudreux enclos voisin.

« Pas même un mot, soupira-t-elle. Un mot,

170

pour rompre ce silence. Le dernier mot que j'aie entendu de lui, c'était : va-t'en. Une heure avant, moins d'une heure, il m'avait dit : « Tu n'étais donc pas bien à cette place, ma Youlka ? »

Elle se meurtrit exprès, en essayant les deux intonations, l'âpre et la caressante, et orgueilleusement décida que l'âpre, l'insultante était seule à son gré, qu'à celle-là seule s'attachait une saveur de vérité, de vivante jalousie, de flatteuse iniquité. « Mais j'aurais voulu un mot, rien qu'un mot de complice, doux à entendre, doux à lire sur une page... Il aurait bien pu se donner cette peine-là. »

Elle laissa venir l'heure violette, jusqu'à ce que ses bras accoudés se fussent engourdis sur la barre de fer, puis elle baissa le store et alluma le plafonnier. En se résignant à sortir, elle ouvrit le placard-coiffeuse. « Oh !... Non, je ne suis pas montrable ce soir... » Elle eut pitié de sa figure. Encore une fois elle recourut à un de ces repas de bohème où les sardines et le fromage remplacent le potage et la viande. Elle poudra de sucre des fruits de la veille un peu flétris, mais elle n'eut pas le courage de préparer une tasse de café. Pendant qu'elle mangeait, elle se tournait fréquemment vers le téléphone, comme pour lui demander compte de son silence.

Adroitement elle lava les assiettes, en évitant de plonger ses mains dans l'eau de vaisselle.

Tout ce qu'elle faisait lui semblait facile et même agréable, mais un peu insuffisant. « Est-ce que je n'oublie pas quelque chose ? Qu'est-ce que j'oublie donc ? » Les assiettes rangées, le lit ouvert, elle donna à son incertitude une claire réponse : « Non, je n'oublie rien. Je n'ai plus rien qui me presse, puisque rien ne me reste à faire pour lui. Ni pour personne... »

L'heure passant, elle projetait tour à tour de téléphoner à Espivant, de lui dire merci, de l'injurier, surtout de l'appeler à elle, de mendier... « Mais mendier quoi ? Ce que je souhaite recevoir d'Herbert n'a pas encore de nom. »

Elle ouvrit un livre ; mais en aucun temps de sa vie elle n'avait pu donner le pas à un grand livre sur une petite tourmente amoureuse. « Eh bien, je vais tout bonnement me reposer. Seulement, voilà je ne suis pas fatiguée. » Elle se tint immobile dans son lit, écouta sonner les heures. A chaque heure qu'égouttait l'horloge de l'école voisine, elle se demandait : « Comment ai-je pu supporter jusqu'ici d'entendre sonner ces heures et ces demies ? Jamais plus je ne m'y habituerai. Je déménagerai. » Elle dormit pourtant, mais s'éveilla avec l'impression désagréable que quelque chose ou quelqu'un habitait chez elle. Vers quatre heures elle se leva, endossa son peignoir de bain qui n'avait jamais le temps de sécher complètement, et déplia une échelle pour atteindre, sur les plus hautes planches de la penderie, des objets qui voyaient rarement le jour. Pendant qu'une veste en gabardine beige, une culotte en whipcord marron s'étiraient au dossier d'une chaise, Julie de Carneilhan, assise sous l'ampoule nue de la cuisine, astiquait ses bottes de cheval.

Le réveille-matin et le timbre de l'antichambre sonnèrent en même temps. Dans la rue retentit un hennissement clair, aigu comme une trompette de cavalerie. Julie, bottée et culottée, en blouse de flanelle, nouait à son cou un foulard blanc.

« C'est déjà toi, Léon ? cria-t-elle à travers la porte. Je suis prête, tu sais.

— Non, c'est Gayant, madame la comtesse. Je viens prendre la valise et tout. »

Elle ouvrit, serra la main sèche et cornée qu'un petit homme tendait vers elle.

« Il ne va pas pleuvoir, au moins ? J'emporte un imperméable, d'ailleurs.

— Aucunement, madame la comtesse. De la brume, de la rosée, nous aurons le vent et le soleil sur le coup de sept heures moins le quart, sept heures.

— C'est Hirondelle qui fait ce potin en bas ?

— Bien entendu. La moindre des choses qu'on apprête elle comprend. Depuis hier elle ne se possède plus. Elle a tout vu, les musettes, les bandes, tout...

— Ma veste, Gayant. Merci. Gayant, tu crois que je suis encore capable de tenir le coup pour une promenade pareille ?

— Je crois, dit Gayant. Madame la comtesse est cavalière. Madame la comtesse pèse combien ?

— Cinquante-cinq.

— C'est bien. L'an passé, madame la comtesse faisait cinquante-six et demi. Cinquante-cinq, c'est mieux. »

Le petit homme aux bras trop longs mesurait Julie, du feutre mou aux bottes.

« Tu trouves ?

— Oui. C'est mieux pour Tullia.

— Oh ! toi, naturellement, tout pour les juments ; et moi je pourrais crever ! Prends ça, ça et ça... attention, ça c'est notre casse-croûte ! Descends, dis à mon frère que son café est chaud, qu'il peut monter. »

Elle boutonna sa jaquette, chaussa à fond l'entre-jambes de sa culotte, avec le geste choquant et masculin des danseuses classiques qui s'assurent dans leur maillot. Elle se sentait à l'aise, bottée un peu large, gantée de même, et coiffée pour défier le vent. Elle se frappa sur les cuisses et maugréa : « C'est cet argent qui me fait grosses poches, je vais en refiler la moitié à Léon. »

Dans le grand miroir enguirlandé de fouets

et de cravaches, elle se vit pâle, haute et bien jambée. Elle venait d'achever sans sommeil sa nuit courte, vouée alternativement à de plaisants préparatifs et à des pensées tristes. Prête à partir, elle n'était pas encore sûre de partir. De la rue silencieuse montèrent un « oho, oho » discret de Gayant, une réprimande tendre de Carneilhan à sa jument, et Julie entendit que les chevaux, changeant de trottoir, se tournaient dans le sens du départ. Elle s'assit, écrivit un mot pour la concierge et la femme de ménage, y joignit des pourboires. La vue des enveloppes posées en évidence sur la table à jeu lui rappela le paquet truqué, avantagé de papier blanc, la rendit pusillanime et agitée. « Je ne pars pas, non, je ne pars pas ! D'abord je ne suis plus assez d'attaque pour ce genre d'amusettes sportives. Et puis rien n'est dit ; Herbert a déjà joué plus longtemps que ça avec une souris, c'est peut-être aujourd'hui qu'il va m'appeler, qu'il va venir... Je ne pars pas, je ne veux pas ! »

Elle se pencha au balcon, distingua en bas le groupe sombre que formaient deux chevaux sellés, le petit tonneau attelé et les deux hommes qui s'affairaient autour des trois chevaux. Elle respira l'humidité d'avant le jour, l'odeur d'un lierre, une impalpable poudre d'eau suspendue dans l'air, et s'émut : « Que c'est frais, cet embrun d'eau douce... » Son esprit blessé et versatile se tourna du côté de la route, chanta les chansons à deux temps qu'improvise et soutient le pas d'une monture, fit halte sous des futaies, près d'un ruisseau... Les juments, désaltérées, joueraient du sabot et de la bouche dans l'eau courante... « La-Grosse et Tullia se feront ferrer à neuf n'importe où, sur le parcours, tandis que, pour Hirondelle, Léon emporte au moins quatre paires de souliers de bal... Je n'ai pas demandé à Gayant s'il avait pris le peigne et le cure-pied. Mais Gayant n'oublie jamais rien. »

Julie s'assit sur son lit défait, qui ne s'ouvrirait plus jamais pour Coco Vatard. « Qu'est-ce qu'il disait donc, ce jeune homme sentencieux ? Ah ! oui, qu'il craignait bien que je ne sois la « femme de sa vie ». Eh mais, elle n'était pas déjà si bête, sa formule de midinette. Il ne disait pas que j'étais son grand amour, il ne confondait pas, il disait que j'étais la femme de sa vie. Coco Vatard aura des maîtresses, et une femme pour le moins. Chacune de ces femmes-là réveillera une blessure, une incommodité dont aucune d'elles n'aura été la vraie cause... Moi, je vais guérir encore une fois d'Herbert, je pense. Et peut-être qu'un autre homme qu'Herbert me fera encore une fois du mal. Mais c'est toujours à Herbert, à ce damné « homme de ma vie » que remonteront ma consolation et ma désolation... »

Il lui sembla qu'elle rêvait très longtemps, pourtant quand son frère monta, l'aube n'avait

178

pas encore haussé le front au-dessus du bâti-
ment d'école voisin, ni verdi le lierre du jardin
enfermé.

Au lieu de sonner, Léon de Carneilhan
frappa trois coups assez rudes, qui secouèrent
les songes de Julie et l'affolèrent. « Je ne veux
pas partir ! Je ne partirai pas ! Je vais expliquer
à Léon que j'ai un motif grave de rester... Je
suis bien libre, il me semble... »

Quand Léon entra, elle fronça ses sourcils et
l'apostropha avec une vigueur rituelle :

« Et qu'est-ce que vous cuisiniez donc si
longtemps en bas, je me demande ?

— Et resangler ? Et caler tout ce qui fait
casserole dans le fond du tonneau, y compris ta
valise et ton sac ? Et un des deux étuis à avoine
qui fuyait par son fond décousu ? Gayant
n'oublie rien, mais il ne sait pas caler. Si je n'y
avais pas l'œil, la voiture ferait autant de bruit
qu'une auto, sur la route... »

Comme Julie, Carneilhan avait baissé ses
sourcils roussâtres. Il se détendit en regardant
sa sœur.

« La tenue te va toujours, tu sais. Bien que je
ne raffole fichtre pas des femmes qui montent à
califourchon. »

Julie eût pu adresser une louange identique
au cavalier, taillé dans une matière inusable.
Roux comme lui, son vêtement de cheval se
décolorait aux épaules, ses gros cheveux drus
blanchissaient au faîte du crâne, et à cause de

la coupe étrange de son visage, son front était plus hâlé que ses tempes étroites. Une maigre pomme d'Adam bougeait le long de son cou, pendant qu'il avalait un bol de café chaud.

« On descend ? »

Les yeux bleus de Julie vacillèrent :

« Ecoute, Léon, je voudrais... Je voudrais ne pas partir. Je ne me sens pas bien aujourd'hui... »

Il l'interrompit en avançant sur elle d'un pas.

« C'est vrai, ou ce n'est pas vrai ? »

Elle se ressaisit, avoua courageusement :

« Ce n'est pas vrai. Je voulais rester encore... encore quelques jours, pour faire plaisir à... à quelqu'un. »

Le regard de Carneilhan glissa vers le lit ouvert, revint à Julie :

« Il s'agit d'Espivant ? »

Elle frémit, s'élança contre le soupçon :

« Non, non ! Qu'est-ce que tu vas chercher ? »

Puis elle rit, et se moqua de haut :

« Mon cher ! Tu manques d'imagination. Ou bien tu en as trop. »

Elle baissa les yeux, singea comiquement la pudeur :

« Ce pauvre petit Coco Vatard, tout de même... Il est gentil, tu sais... »

Elle parut changer brusquement d'idée, fouilla sa poche :

180

« Tiens, débarrasse-moi de ça. Mets-le dans une poche de poitrine. »

Elle lui jeta au vol la moitié des billets neufs.

« C'est quoi ?

— Cinquante billets. Garde-les-moi pendant la route. Ce brave Becker, crois-tu ! Pour fêter ses soixante ans, il m'a envoyé ça. »

Carneilhan tardait à ranger les billets qu'il feuilletait d'un air incrédule.

« Ce brave Becker... Ce pauvre petit Coco... Tu ne fréquentes plus que des saints et des martyrs, il paraît ? Bientôt Espivant va passer archange. »

Julie fit un grand soupir excédé.

« Oh ! celui-là, je te l'abandonne. Il est plus coriace qu'une poule de sept ans. On part, Léon, ou on ne part pas ? Nous en perdons un temps... »

Une lumière rapide et rose montait dans le ciel. Dans le miroir parut le visage de Julie, sa pâleur, ses cernes, son ternissement...

« Oh ! dit-elle effrayée...

— Qu'est-ce qu'il y a encore ? »

Elle montra dans le miroir son image défaite.

« Je ne pourrai jamais tenir, Léon !... Avant une lieue d'ici je serai en bas de ma bête... Je n'ai pas dormi, je ne suis pas entraînée, je... »

Elle se détourna, s'essuya les cils. Son frère lui prit le coude, la fit virer vers lui.

« Tu es une grande dinde, voilà ce que tu es. Tu sais bien que Tullia est un vrai fauteuil.

181

Ton affreuse gentille Tullia truitée comme un cheval de cirque, mon beau reste d'Hirondelle, La-Grosse et le tonneau déverni, Gayant tout mal foutu, c'est parce que tu as honte de notre pauvre train de nomades que tu ne veux pas venir ? »

Elle lui posa ses bras sur les épaules, rit, pleura :

« Oh! non, oh! non, je n'ai pas honte! Regarde ma culotte, qui a deux trous de mites! C'est toujours *le* tonneau que tu as ?

— Tu ne penses pas que j'en ai acheté un neuf pour Gayant ? C'est *le* tonneau. Il n'a plus un pouce de peinture. Il est écaillé comme un platane qui perd ses écorces. Mais il a gardé un coquin d'étui à ombrelle !... Ses bandages de caoutchouc tiennent, heureusement. Quand tu seras fatiguée, tu monteras dans le tonneau, et tu passeras Tullia à Gayant. »

Julie interrogea le museau roux, les perçants yeux bleus qui cessaient de se durcir et de menacer.

« Je serai donc fatiguée ? dit-elle tristement. Tu vois, tu sais déjà que je serai fatiguée !

— Je n'en jurerais pas, dit Léon en secouant la tête. Mais je te le conseille. Sois fatiguée. Promenons-nous. Nous n'épatons plus personne. Tout ce qui me reste, je l'ai sur moi. Toute ta fortune, je vois que tu l'emportes. Je ne laisse rien derrière. La route vers Carneilhan est sans doute pour moi à sens unique. Je ne sais pas si tu pourrais en dire autant ? »

Il resserra sa ceinture de cuir pour n'avoir pas l'air d'attendre une réponse ; mais Julie ne dit rien.

« En route, Julie.

— Oui... Où s'arrête-t-on ?

— Où tu voudras. »

Elle sourit à une parole aussi inattendue.

« Combien crois-tu qu'il nous faudra de temps pour arriver à Carneilhan ? »

Pour la première fois Julie vit son frère faire un geste d'incertitude. Il souleva les bras, les laissa retomber :

« Trois semaines... Trois mois... Toute la vie. »

Il tendit l'oreille vers les juments qui s'ennuyaient, écouta le tapotement des fers sur le pavé de la rue.

« Tu ne trouves pas, Julie, que c'est une sensation étonnante que d'avoir de l'argent et pas de maison, au lieu d'avoir une maison et pas d'argent ? »

Ce peu de mots, cette voix rogue, ce grand nez tressaillant, la danse des maxillaires sous la joue rougie et rasée, Julie les accepta pour des marques précieuses de l'effusion fraternelle.

« J'ai besoin de respirer, Julie, dit-il plus bas. J'en ai mal aux côtes de ne pas avoir d'argent pour l'avoine, pas d'argent pour la paille, pour la note du bourrelier, du maréchal-ferrant... »

Julie posa sa main sur le bras de son frère, pour interrompre une litanie qu'elle savait par cœur. Le bras lui répondit, joua des muscles sous ses doigts, et elle se plut à tant de force, espéra un appui.

« Le soleil est levé, dit Carneilhan. Nous passerons par le plus long, Julie. C'est le chemin le plus long qui fatiguera le moins les juments, et la cavalière. Nous serons mieux sur les petites routes qui ont des marges d'herbe. Gayant connaît des traverses de sauvage... »

Julie ouvrit les narines, et tout son corps pencha en signe de consentement.

« Tu n'as pas prévenu le père Carneilhan que je suis du voyage ?

— Il le saura assez tôt, dit Léon goguenard. Si nous l'avions averti, il aurait retrouvé le goût d'écrire rien que pour t'empêcher de t'embarquer. Tu vas bien le gêner, les commencements. Il va être forcé de déménager de ta chambre bleue ses dépôts de sel, son millet en épis, sa provision de pain séché, tout ce qui craint l'humidité et le rat... »

Pendant qu'il parlait, la mémoire de Julie passait un porche, goûtait le vestibule froid, accrochait à tâtons un chapeau de paille à un bois de cerf... « Mais aimerai-je encore ma maison, aimerai-je assez mes deux Carneilhan, leur silence, leur hauteur, leur frugalité ? » Elle

184

atteignait une chambre bleue, décolorée par le soleil sous son plafond à poutrelles. « Je la repeindrai en rose. » Le revers blanc des feuilles de trembles, comme un reflet de rivière, éclaira ses souvenirs, et elle se pencha à la fenêtre de la chambre bleue. « A moins que je ne la repeigne en jaune clair... » De sa chambre ovale, en haut de la tour, Julie de Carneilhan âgée de quinze ans, ses nattes blondes bornant son front têtu, découvrait le dessus ballonné de deux tilleuls ombrageant la terrasse, le dessus des poulinières qui reposaient leur têtes sur la barrière du pré, le dessus du père Carneilhan, coiffé de sa casquette plate, son petit bâton de noisetier fiché dans sa poche... Un réseau de routes, l'escalier « en pas de vis », promis par la femme-à-la-bougie, aboutissaient donc simplement, fatalement à sa chambre d'ancienne jeune fille ?

Ils descendirent, peu soigneux du sommeil de la maison, avec un bruit indiscret de bottes et de paroles.

« Tu penses si j'emporte le réchaud à alcool !

— La petite pharmacie est à part, roulée dans une couverture... »

A leur vue, les bêtes piétinèrent sur place amicalement, et Julie donna à chacune le salut, le sucre, l'amende honorable qui renouait leur amitié. Les selles, les brides, les étrivières étirées par l'usage brillaient d'âge et d'entretien. Pour mieux caresser la jument truitée

185

laide et pleine de mérites, Julie jeta dans le terreau son stick inutile.

Longtemps sevrée d'air pur et de voyage, elle se perdait un peu à travers saisons et paysages, s'attendait à cueillir les prunes et le muguet, les fraises sauvages et les églantines. Elle convoitait la route de halage et l'élastique terreau des bruyères. Mais surtout elle revoyait certains chemins sablonneux, doux au pied des montures, bordés d'ajoncs qui cardent les crins des chevaux, de mûres aigres et de bardanes griffues, les chemins creux qui avaient autrefois serré l'un contre l'autre, pareillement heureux de chevaucher à l'étroit, Julie et un cavalier... « Herbert... Et mes grands cheveux qui glissaient quand il me renversait la tête... » Elle appuya son front un instant à l'encolure de Tullia, cacha une dernière, une rapide faiblesse. Puis elle se tourna résolue vers son frère, au moment où la haute jument Hirondelle, guêtrée de blanc immaculé, venait chercher et baiser, de ses naseaux fanatiques, la main de Carneilhan.

« Ah! pensa Julie, lui du moins il emmène, en partant, ce qu'il aime le plus au monde... »

En « collaboration » avec M. Willy.

CLAUDINE À L'ÉCOLE.

CLAUDINE À PARIS.

CLAUDINE EN MÉNAGE.

CLAUDINE S'EN VA.

Théâtre

En collaboration avec M. Léopold Marchand.

Morceaux choisis

LA VAGABONDE, pièce en 4 actes.

CHÉRI, pièce en 4 actes.

Impression Bussière à Saint-Amand (Cher),
le 4 novembre 1992.
Dépôt légal : novembre 1992.
1ᵉʳ dépôt légal dans la collection : décembre 1981.
Numéro d'imprimeur : 3280.
ISBN 2-07-037344-4. / Imprimé en France.

Pour Heather,
une "grande" dame anglaise,
très riche de cultures et qui
a beaucoup de cœur.
A bientôt de la revoir et très
longue vie . Colette Belletir

Bonne lecture du — livre de Colette
que j'aime beaucoup.

le 29.0?
Villen

57923